KB043494

어느 날 어머니가 싸고 좋은 방을 구했다는
것이었다. 도배도 깨끗하고 창문도 나있고
부엌까지 딸린 근사한 방이었다. 정말 꿈에 그리던
방이었다. 나는 기쁨을 감추지 못했다.
그때 어머니가 말씀하셨다. "전에 살던 사람이
연탄가스로 죽어서 값이 싸단다."

방 한 칸

인생수업

지혜와 삶

윤 학

인생 수업

펴낸곳 도서출판 흰물결
펴낸이 박수아
표지그림 이종상 화가

1판 1쇄 발행일 2018년 9월 29일
1판 2쇄 발행일 2020년 12월 25일

주   소 06595 서울 서초구 반포대로 150 흰물결아트센터
등   록 1994. 4.14 제3-544호
대표전화 02-535-7004 팩스 02-596-5675
이메일 mail@imreader.com
홈페이지 www.imreader.com
         www.worldreader.net

값 15,000원
ISBN 978-89-92961-26-4

ⓒ 흰물결, 2018.

이 책은 저작권법에 의하여 보호를 받는 저작물이므로
무단전재와 무단복제를 금합니다.

인생수업

지혜와 삶

흰물결

차례

나의 인생수업 8

자네, 그 회사 그만두게

오케이, 법대에 가! 14

자네, 그 회사 그만두게 18

내 인생 최고의 선물 24

음치가 음악을? 30

그가 그립다

신발 잃고 친구 얻던 날 38

내 친구 문수네 집 44

그가 그립다 50

사제관의 그 식탁 56

토요일의 두 신부 62

사랑의 입맞춤 69

좋은 남자를 만났어요!

왜 망설이는 것일까 76

그 집의 달빛 별빛 82

성당으로 신혼여행 87

좋은 남자를 만났어요! 93

차례

나도 기적을 만날까?

아버지와 달빛 받으며 100

시인에게 건넨 글 몇 줄 105

아들과의 여행 110

나도 기적을 만날까? 116

나 한 사람의 힘

방 한 칸 124

나 한 사람의 힘 128

이거 똑바로 해! 135

뭔가 새로운 시도를 하면 141

돌고 돌아 옛집으로 148

외톨이가 보내는 선물

외톨이가 보내는 선물 156

개신교 신자도 가톨릭 신자도 162

그 신사의 제안 168

또 공연장을 짓고 174

나의 인생수업

"지혜만 있으면 이 세상을 잘 살아갈 수 있다."고 어른들이 말했다. 나도 지혜로운 사람이 되고 싶었다. 나는 지혜가 담긴 책이라면 닥치는 대로 찾아 읽었다. 책을 읽을 때면 나도 지혜로워지는 것 같았다. 그리고 그 지혜를 써먹어야지 하고 늘 내 가슴에 깊이 담아 두었다. 그런데 막상 어른이 되어보니 내가 지혜롭게 살아가지 못한다는 회의가 들 때가 많았다.

젊은 시절, 나는 수십 년간 학교에서 배운 지식으로 세상에 도전했다. 그 지식은 나에게 변호사라는 직업을 만들어주었고 어느 정도 돈도 갖게 해주었다. 그런데 변호업무에 열중하면 열중할수록, 내 호주머니에 돈이 들어오면 들어올수록 내 가슴은 허전하고 공허했다.

나는 인생을 살 줄 몰랐던 것이다. 인생을 어떻게 살아야 하는가에 대해서는 소홀히 했기 때문이었다.

언젠가부터 내가 책에서 배운 지혜들이란 글쓴이들이 구체적인 삶의 현실에서 부딪치며 깨우친 지혜가 아니라는 생각이 들었다. 그들은 그 지혜로 실제 삶을 살지도 않았으면서 머릿속으로만 그럴듯한 이론의 틀을 갖추어 놓고 그에 맞추어 사람들을 가르치려는 게 아닐까 하는 의문이 들었다.

영어 수학을 그렇게 많이 공부했으면서도 외국인과 만나면 말문이 막히고, 막상 거래에 들어가면 수학이 무용지물이 되지 않았는가. 국어책에서 수없이 아름다운 글을 읽었어도 좋은 글을 쓰지 못하듯이 지혜의 글을 아무리 읽어도 내가 지혜롭게 될 수는 없는 것이었다. 지혜도 실제의 삶으로 살아내지 않으면 지식에 불과한 것이구나!

그렇다고 지혜로운 사람이 되기를 포기할 수는 없었다. 그때 아름다운 글은 어디서 나오는가 생각해보았다.

아름다운 글은 아름다운 책을 읽는 것에서 나오는 것이 아니
었다. 아름다운 글은 글쓴이가 아름다운 삶을 살았을 때 나오는
것이었다. 지혜도 지혜로운 글을 읽는 것에서 나오는 것이 아니
었다. 나는 지혜가 어디서 나오는지 생각해 보았다.

내가 지혜롭지 못한 행동을 할 때에는 내게 사랑이 없었다.
그러나 내가 진정으로 사랑을 가지고 뭔가를 했을 때 나 스스로
도 놀랄 만큼 '내가 지혜롭게 해냈구나' 하는 생각이 들 때가 많
았다. 지혜는 사랑에서 나오는 보석이었다. 나는 비로소 지혜로
워지는 길을 찾은 것 같았다.

그 후로 나는 지식을 쌓거나 세상의 틀을 따르기보다 무슨 일
을 하건 예전보다 좀 더 깊은 사랑으로 해나가기 시작했다. 그

리고 살아오면서 사랑으로 했던 그런 '보석 같은 삶의 순간들'을 모아 글을 쓰기 시작했다.

　글을 쓰면서 내가 더 사랑으로 살아야 함을 더욱 확신하게 된다. 잊어버릴지도 모르는 그 사랑의 순간, 지혜가 다가오던 순간들을 그대로 되살려 보는 것은 우리 모두에게 훌륭한 '인생수업'이 되리라 생각한다.

서초동 흰물결에서
윤　학

자네, 그 회사 그만두게

드디어 문과와 이과를 정해 진급할 때가
되었다. 내가 하고 싶은 일과 내가 잘하는 것
사이에서 무엇을 선택해야 하는가?
그때 신문에서는 대학은 적성대로 가는 게
옳다고 매일같이 떠들고 있었다. 저명한
교수님도, 성공한 기업인도 적성이 얼마나
중요한지 강조했다. 그러나…

오케이, 법대에 가!

어릴 때부터 나는 정의로운 법조인이 되거나 글 잘 쓰는 문필
가가 되고 싶었다. 그런데 나는 수학은 잘했지만 사회나 국어성
적은 늘 불안정했다. 논리적인 사고에는 자신이 있었지만 뭔가
를 암기하거나 표현하는 데는 서툴렀다. 학교에서 적성검사를
해도 수학자나 물리학자 같은 이과계통이 적성에 맞다는 것이
었다.

드디어 문과와 이과를 정해 진급할 때가 되었다. 내가 하고
싶은 일과 내가 잘하는 것 사이에서 무엇을 선택해야 하는가?

그때 신문에서는 대학은 적성대로 가는 게 옳다고 매일같이

떠들고 있었다. 저명한 교수님도, 성공한 기업인도 적성이 얼마나 중요한지 강조했다.

'명상시간'을 만들어 아침마다 형이상학적인 철학을 들려주어 별명이 '개똥철학자'인 담임선생님과 마주 앉았다. "저는 수학은 잘하지만 기억력이 나쁩니다. 이과가 제 적성인 것 같은데 법대에 가고 싶습니다."

조심스러운 내 질문이 채 끝나기도 전에 선생님은 "오케이, 법대에 가! 법학에는 기억력도 필요하지만 논리적인 사고가 더 중요해. 수학을 잘한다는 건 논리적인 사고를 잘할 수 있다는 거야."

나는 문과를 택했고 수학을 더 열심히 했다. 나는 수학 덕분에 원하던 대학에도 합격할 수 있었다. 그런데 암기력이 부족한 내게 법과대학 시험은 수렁과 같았다. 책을 읽을 때는 너무나 이해가 잘 되는데 시험만 보면 아무것도 생각나지 않았다.

내 장점을 잘 알고 있는 한 친구는 이해가 안되는 부분이 있을 때마다 나를 찾았고 나는 쉽게 설명해주곤 했다. 그러나 내 시험성적은 바닥이었고 암기력이 뛰어난 그는 늘 상위권이었다. '역시 적성이 중요한데 괜히 길을 잘못 들었구나. 이과를 갔더라면 이 고생을 하지 않을 텐데' 하는 원망도 생겼다. 그 친구는 사법고시에도 쉽게 합격했는데 어느 날 이런 말을 했다. "넌 교과서를 다 이해하려고 덤비는데 실제 시험은 그렇게 어려운 것을 요구하지 않아. 좀 가볍게 공부해봐."

친구의 그 몇 마디에 머리를 스치는 게 있었다. 나는 뭐든지 완벽히 이해하고 그걸 암기력도 없는 내 머릿속에 모두 집어넣어야 한다는 강박관념에 사로잡혀 있었던 것이다. 나도 그 다음 해 고시에 합격했다. 그런데 실제 변호사 일은 암기가 필요 없었다. 변론을 준비할 때는 법전과 세상의 온갖 법학 서적, 판례를 찾아 읽고 이해하면 그만이었다.

논리적 사고력이 앞선 나는 상대의 논리적 허점을 파악하고 대응하는 게 무척 재미있었다. 재판에 필요한 문서를 작성할 때면 '내가 왜 이렇게 변호를 잘하지?' 하고 스스로 대견해 하기도 했다. 나 자신도 놀랄 만큼 매번 승소했고 경제적 안정도 얻게 되었다.

십 년 넘게 열심히 법률 일만 하다가 어느 날 나의 여러 경험을 글로 쓰고 싶었다. 하지만 어린 시절 작문시간만 되면 뭔가 감동적인 것을 잘 써내고 싶어 안달했지만 내 글은 늘 졸작이었던 기억 때문에 용기가 생기지 않았다.

그런데 어느 날 잡지사에 다니는 후배가 내게 글을 청탁했다.

나는 한 달 동안이나 끙끙대며 그 글 한 편을 써 보냈다. 드디어 내 글이 실린 잡지가 배달되어 오던 날 나는 내 글을 읽고 또 읽었다. 자신감이 생긴 나는 신문사에도 글을 보냈는데 신기하게도 칼럼으로, 논단으로 실렸다. '글이 그렇게 어려운 것만은 아니구나! 진심은 어떻게든 전달되는구나!'

요즘 나는 글쓰기로 날밤을 새운다. 내 글을 읽고 세상을 달리 보게 되었다, 마음의 위안을 얻었다는 독자들의 편지도 무수히 받는다. 내 삶을 들여다보면, '내가 무엇을 잘하느냐보다 내가 무엇을 하고 싶으냐'가 중요한 것 같다.

베드로는 천직으로 알았던 고기잡이를 버리고 그가 하고 싶었던 선교를 하러 말도 통하지 않는 로마로 간다. 그것은 누구라도 웃을 일이었다. 그러나 베드로는 그리스도 정신을 로마에 덮고 세계로 흘러들게 한다. 그것도 2천 년이 지난 지금까지….

하느님이 우리에게 주신 능력은 내 머릿속 적성에서 나오는 것이 아니라 내 가슴속 열망에서 나오는 것임을 나는 내 삶을 통하여 확신하고 있다. 나는 지금 내 재능을 자랑하고 있는가? 내 가슴속 열망을 지피고 있는가?

딸의 남자친구를 만나기로 했다. 그를
대자연의 품 안에서 만나고 싶어 강이 보이는
공원으로 향했다. 한참 후 멀리서 청년 하나가
오른손에 커다란 과일 바구니를 들고 기우뚱한
몸으로 어색한 미소를 지으며 우리 쪽으로
오고 있었다. 요령 없는 몸짓이었다.

자네, 그 회사 그만두게

재작년 여름, 나의 뉴욕여행은 특별한 의미를 갖고 있었다.
딸의 남자친구를 만나기로 했기 때문이다. 그가 오기로 한 날,
아내와 딸은 집을 말끔히 치우고 화병에 꽃도 꽂고 기다렸다.
'그가 오면 내가 하고 싶은 말을 마음껏 해야 하나, 아니면 좀
어른스럽게 점잖은 체해야 하나…' 그와 어색한 대화를 이어갈
장면이 떠오르자 집안이 답답하게 느껴졌다.

사위가 될 수도 있는 그를 대자연의 품 안에서 만나고 싶었
다. 장소를 옮기자고 했더니 아내도 딸도 흔쾌히 동의했다. 딸

은 그에게 전화를 하고 우리는 허드슨 강이 보이는 공원으로 향했다. 몇 년 전 뉴욕 도심의 번잡함을 피해 조용한 곳을 찾던 중 눈에 든 곳이었다. 멀리 줄지어 선 높고 낮은 빌딩을 배경으로 맑은 강물이 바다와 만나며 시원한 강바람을 내 귓가에 살랑여 주었다. 마음이 편안해졌다.

우리는 강가를 걸었다. 공부하느라 시간에 쫓기며 사는 딸도, 오랜 비행 후라 지친 아내도 명랑한 얼굴이었다.

한참 후 멀리서 청년 하나가 오른손에 커다란 과일 바구니 하나를 들고 기우뚱한 몸으로 어색한 미소를 지으며 우리 쪽으로 오고 있었다. 요령 없는 몸짓이었다. 말쑥한 느낌도, 세련된 모습도 아니었다.

갑자기 장소를 바꾸는 바람에 전철을 두 번이나 갈아타고 기다란 육교를 건너 한참을 걸었다는 그가 왠지 바보처럼 느껴졌다. 한여름에 에어컨도 안되는 뉴욕 지하철을 탈 때마다 온몸으로 땀을 비 오듯 흘렸던 나로서는 그가 시간 맞춰 오느라 얼마나 마음 졸이며 여기까지 왔을지 그림이 그려져 미안했다.

'짜식! 짧은 거리는 택시를 좀 타고 오든지, 과일 바구니를 어디에 맡기고 오든지 하면 될 것을…' 그런 요령도 없이 살아왔을 청년의 삶이 다가왔다.

그가 가져온 바구니에서 과일을 꺼내 한 입 베어 문다. 강바람이 더욱 시원하게 느껴진다. 그와 강가의 가로수길을 걷는다. 그의 미소가 나뭇잎 사이를 뚫고 비쳐오는 햇살처럼 환하다. 우리는 오래전에 만났던 사람들처럼 그렇게 강가를 걸었다.

그는 잘생긴 남자도, 부잣집 아들도, 뛰어난 학벌의 수재도 아니었다. 그는 경기도 포천의 산골에서 자라 미국 델라웨어로 아버지를 따라 이민을 갔다.

아버지는 큰아버지가 하는 조그만 슈퍼마켓에서 일을 돕고 어머니는 샌드위치 가게에서 일을 한다고 했다. 부모님은 그가 미국의 명문대학을 나와 변호사나 의사, 공인회계사가 되거나 유수한 미국회사에 들어가 미국사람들과 당당히 어깨를 맞대며 걸었으면 하는 꿈을 갖지 않았을까.

그도 그런 꿈을 갖고 열심히 공부했을 것이다. 그런데 졸업 후 미국회사에 취직을 하려고 했으나 번번이 면접에 떨어졌다. 이민자가 미국회사에 들어가기는 쉽지 않다는 말을 수없이 들어왔던 그는 앞길이 막막했다.

앞서 지원했던 그 어떤 회사들보다 어렵다는 마지막 한 회사의 면접만 남겨둔 그는 신자도 아니면서 학교 성당에 가서 기도를 했다. '취직 좀 꼭 시켜주세요' 하면서…. 그때 그는 성당에서 기도하던 내 딸을 봤고 딸과 기도 모임을 하던 한국인 친구에게 전화번호를 알아냈다.

딸은 그와 처음 만나기로 한 날, 그럴듯한 레스토랑이 아닌 소박하면서도 맛있는 음식점으로 데려간 그가 마음에 들었다고 했다. 딸은 그에게 교리공부도 하게 하고 묵주기도 하는 법도 알려주었다.

마지막 남은 회사의 면접 전날, 자동차로 세 시간 거리에 떨어져 있던 두 사람은 전화기를 붙잡고 함께 묵주기도를 했다. 놀랍게도 그는 미국 최고의 회계법인에 들어갔고 뉴욕의 전경이 한눈에 보이는 사무실에서 근무하게 되었다. 미국사람들도 맘껏 머물기 힘들다는 맨해튼에서 두 사람은 날마다 만날 수 있었다. 슈퍼마켓에서, 샌드위치 가게에서 영어를 못해 구박받으며 하루하루 애태우며 살아왔을 그의 부모님에게 얼마나 큰 선물이었겠는가.

나는 허드슨 강가를 걸으며 그에게 말했다. "자네, 그 회사 그만두면 어떨까." 그가 의아한 듯 나를 쳐다봤다. "남들이 좋다고 하는 회사는 자네가 아니어도 다닐 사람이 많아. 자네 아니면 안되는 일을 해야 자네 인생이 더 보람 있을 것 아닌가.

사람들이 하려 들지 않지만 정말 사람에게 유익한 일을 하며 인생을 살면 좋겠네. 숫자만 보는 일보다는 이 강바람처럼 사람을 행복하게 하는 일 말이야."

뭔가 새로운 것을 들었다는 듯 그의 눈이 반짝인다. 평생의 꿈이었을 직장을, 고생하며 키운 부모님의 꿈을 버리라는 내가 잔인하다는 생각도 든다. 그는 지금 가진 것도 없지 않은가.

그러나 나는 그에게 더 큰 꿈을 심어주기로 마음먹었다. 내 딸과 결혼할지도 모를 이 청년에게 눈에 보이는 것만으로 만족하며 살아가라고 한다면 내가 너무 비겁하지 않은가. 그리고 그런 꿈을 갖지 못하는 청년과 딸이 결혼한다면 두 사람이 과연 행복할 것인가!

나는 딸에게 늘 순수한 사람을 만나라고 말해왔다. 순수해야 사람다운 사람이라고. 눈에 보이는 것만으로 만족하며 사는 사람은 사람다운 사람이 아니라고. 눈에 보이지 않는, 거룩한 것을 사랑하는 사람이어야 한다고.

세상에는 눈에 보이는 것만 있는 것 같지만 눈에 보이지 않는 게 훨씬 더 많다며 그걸 찾아가는 청년이 되어달라고 그에게 부탁했다. 그런 내 말에 귀를 닫지 않고 열심히 들으려고 애쓰는 그가 고맙고 믿음직스러웠다. 그렇게 그와 만나고 나는 한국으로 돌아왔다.

몇 달 후 그가 전화를 해왔다. "저 이번에 승진도 했고 월급도 많이 올랐는데, 회사에 사표 냈습니다. 잘은 모르지만 더 가치 있는 일을 해보고 싶습니다."

그 말을 듣고 나는 뛸 듯이 기뻤다. "자넨 인생이라는 정말 큰 시험에 합격한 거야! 축하하네." 전화를 끊고 마음속으로 외쳤다. '큰 바보를 사위로 맞아들이게 되었구나!' 가진 것을 모두 내놓는 힘든 결정을 할 수 있는 청년을 내 딸이 알아본 것도 너무 기뻤다. 그는 그렇게 서울에 와 내 딸과 결혼을 했고 요즘은 책을 홍보하러 주말마다 딸과 함께 전라도로, 경상도로 발길을 옮기고 있다.

편한 길을 잘 가고 있는 사람을 끌어들여 외롭고 힘든 일을 시키고 있는 내가 지독한 사람이라는 생각도 든다. 그러나 젊은 이들이 선뜻 나서지 못하는 일에 뛰어들어 하루하루를 보내는 신혼의 두 사람이 부럽기도 하다.

이 세상 그 누구도, 이 세상 그 무엇도 줄 수 없는 축복을 두 사람이 듬뿍 받을 것이 분명하기에….

선생님은 한 명 한 명 노래를 시켰다. 나는
첫마디부터 괴상한 소리만 나왔다. 선생님이
'숙제도 안 해왔냐'며 따귀를 때렸다.
친구들의 노래가 끝나자 선생님은 목을
가다듬고 '그대 창에 등불 꺼지고'를 불렀다.
그 노래를 들으며 나는 수치스러움도 잊고
내가 행운아라고 생각됐다.

내 인생 최고의 선물

초등학교 4학년 때, 신작로를 걷던 나는 귀를 쫑긋 세웠다.
생전 처음 들어보는 노래에서 너무나 강렬하고 낯선 열정이 느
껴졌기 때문이다.

"오 솔레미오~ 오 솔레 오 솔레미오~" 노랫소리가 가까워질
수록 하늘의 태양이 나에게 찬란히 비춰오는 듯했다. 그것은 나
와 전혀 다른 세상에 사는 사람들이 뿜어내는 소리였다.

그때 나는 공부를 너무나 잘했다. 책 한 번 쓱 훑고 가 시험을
봐도 밤새워 공부한 2등 친구와 엄청난 점수 차이가 났다. 전교

생이 모인 운동장에서 교장 선생님 앞으로 나가 커다란 상장과 학년 대표로 통신표를 받는 방학 날이면 내 어깨는 더 으쓱했다. 그런데 그렇게 잘하는 공부로도 넘어설 수 없는 멋스러움이 나를 주눅 들게 했다.

햇볕이 내리쬐는 다리 위에서 네 명의 청년이 노래를 부르고 있었다. 웃을 때 유난히 보조개가 매력적인 사촌 형도 있었다. 하얀 얼굴에 말쑥한 셔츠를 어깨에 걸치고 마치 꿈을 꾸듯 노래하고 있는 대학생들을 보니 새카만 얼굴에 구겨진 옷을 입은 내가 한층 더 초라하게 여겨졌다. 사촌 형도 내게 눈길 한 번 주고는 온 들녘을 노래로 채우려는 듯 큰 소리로 노래를 불렀다.

나는 쭈뼛쭈뼛 그 자리를 벗어났다. 그 멋진 장면에 사로잡힌 내 마음을 들킬까 봐…. 그러나 그 노랫소리는 내 가슴에서 지워지지 않았다. 그것은 분명 새로운 세계였다.

대도시 고등학교에 입학한 첫 음악시간, 선생님이 '돌아오라 소렌토로'를 불렀다. 생전 처음 듣는 성악가의 노래는 마치 내가 이태리 해변에서 바다를 바라보며 누군가를 그리워하고 있는 듯 생생하게 다가왔다.

가슴이 뛰었다. 선생님은 그 노래를 연습해오라고 숙제를 내줬다. 나도 그 노래를 정말 잘 부르고 싶었다. 내가 잘하는 수학으로는, 영어로는 만들어낼 수 없는 그 멋진 세계로 나도 가보고 싶었다. 그러나 아무리 연습해도 음정도 박자도 엉망이었다.

다음 음악시간, 선생님은 한 명 한 명 교탁으로 불러내 노래를 시켰다. 친구들은 척척 노래를 불렀지만 나는 첫마디부터 괴상한 소리만 나왔다. 내가 듣기에도 그건 노래가 아니었다.

선생님이 내 볼을 잡아당기더니 "숙제도 안 해왔냐."며 따귀를 때렸다. 순간 초등학생 때 늘 꼴찌였던 친구가 생각났다. 커다란 키에 코를 찔찔 흘리고 다니던 녀석은 수업시간이면 늘 엎드려 코를 골며 잤다. 내가 그 친구 꼴이 된 것 같아 정말 쥐구멍을 찾고 싶었다.

친구들의 노래가 끝나자 선생님은 목을 가다듬고 '그대 창에 등불 꺼지고'를 불렀다. 나는 수치스러움도 잊고 다시 그 멋진 목소리에 빠져들었다. 그런 아름다운 노래를 들려주는 선생님을 만난 내가 행운아라고 생각됐다.

그 후 나는 고시에도 합격하고 열심히 일해 돈도 벌었다. 그러나 돈이 아무리 쌓여도, 내 머릿속에 지식이 넘쳐도 내 가슴은 뛰지 않았다.

그 옛날 대학생들의 노랫소리는 나를 얼마나 설레게 했던가!

선생님의 노래를 들으며 얼마나 행복했던가! 나는 한평생 딱딱한 지식이나 써먹으며 돈이나 벌다가 죽어야 하는 사람이란 말인가.

그런 안타까움 속에 살던 어느 날, 한 잡지사에서 글을 써달라고 했다. 나는 10여 일간 정성껏 글을 쓰고 수십 번 가다듬었다. 그러나 아내도 딸도 재미없다고 했다. 내 글을 읽고 가슴 뛰는 순간을 갖게 해주고 싶었는데….

그때 문득 그 음악시간이 떠올랐다. 나는 왜 그렇게 부끄러운 순간에도 행복했던가 하는 의문이 들었다. 내가 그 대학생들의 노래를 듣고 마음이 설레었던 것도, 선생님의 노래를 들으며 행복했던 것도 멋진 목소리 때문만은 아니라는 생각이 들었다.

작곡가가 그 노래 속에 담아 놓은 자연과 사람에 대한 순수한 사랑이, 노래 저 너머에 담겨있는 열정이 나에게 전해져왔기 때문일 것이었다. 그래, 나도 그런 사랑을 글에 담아 가야지!

나는 그 글을 버리고 새벽까지 또다시 글을 썼다. 내 가슴 깊숙이에 있던 사랑이 솟아나는 것 같았다. 이번에는 아내도 딸도 기뻐했다. 그때부터 나는 틈만 나면 글을 썼고, 월간지도 맡게 됐다.

이제는 사람들이 내 글에 감동이 있다고 한다. 글재주도 없는 내가 쓴 글이 감동을 준다니···. 또다시 새로운 세계를 만난 것 같았다. '소질이 없어도 사람들에게 뭔가를 주려는 마음이 있으면 되는구나' 나는 살아오면서 나를 설레게 했던 음악도 사람들에게 꼭 들려주고 싶었다. 공연장을 만들고 음악회를 열었다. 사람들은 위로를 받았다고 입을 모은다.

얼마 전에는 외국 노래에 우리말 가사를 붙여 무대에도 올렸다. 음치인 내가···. 사람에 대한 사랑만 있으면 그 어떤 재능을 가진 사람보다도 글이든 음악이든 공부든 더 유익하게 쓸 수 있다는 발견은 나를 또 설레게 했다.

사람들은 소질과 재능이 있어야 뭔가를 이룰 수 있다고 말한다. 그러나 소질과 재능도 사랑이 없으면 재주에 불과할 뿐이다. 세상에는 수많은 재주꾼들이 있지만 그 재주를 사용하지 못하는 이들이 얼마나 많은가.

얼굴은 예쁜데 웃지 않는 미녀, 수석을 놓친 적 없지만 등수와 스펙에만 연연하며 누구 한 번 거들 줄 모르는 공부꾼, 목소리는 뛰어나지만 감동을 주지 못하는 성악가···.

그동안 나는 소질과 재능 없음을 한탄했지 내게 사랑과 열정이 부족함을 한탄하지는 않았다. 그러니 내가 가진 조그만 재능조차도 잘 쓰지 못한 것이다.

나는 정말 아름다운 여자를 안다. 자세히 뜯어보면 예쁜 얼굴이 아닌데도 그녀의 미소 앞에 서면 긴장이 사라지고 내 입가에도 어린아이처럼 웃음이 배어든다. 그녀에게는 마음을 설레게 하는 수줍음이, 자신을 낮추고 상대를 배려하는 겸손함이, 목련꽃처럼 정숙하면서도 화사한 기운이 느껴진다.

나이 든 얼굴에서 어떻게 저런 아름다움이 나오는가! 그녀와 몇 마디만 나눠보면 그 이유를 금방 알 수 있다. 아, 넘쳐흐르는 사랑 때문이구나!

내가 이런 새로운 세계와 만나지 못했다면 나는 아마도 일등, 일류만 목표 삼는 우등생이나 돈만 많이 벌려는 부자, 높은 자리만 앉으려는 권력자가 되는 데 인생을 허비하고 있을지 모른다. 사람에 대한 사랑만 있으면 어떤 형태로든 세상에 귀한 것을 줄 수 있다는 새로운 눈을 뜨게 된 것이야말로 내 인생 최고의 선물이 아닐까.

오늘도 이런 감동을 글로 써서 한 사람이라도 '내가 서 있는 자리 너머에 있는 세상'에 눈뜨기를 희망하며 하루를 보낸다.

나는 전날 밤 숙제한 공책을 어디에 두었는지,
필통은 어디에 있는지 찾느라 온 집안을 뒤집어
놓을 만큼 기억력이 없었다. 그런데 신기하게도
무엇을 논리적으로 풀어내라고 하면 신이 났다.
적성검사를 하면 수학자나 과학자 같은
직업이 맞다고 나왔다. 그러나 그 논리적인
머리가 나를 늘 외롭게 했다.

음치가 음악을?

　어느 날 아버지가 논리문제 두 개를 내놓으며 풀어보라고 했
다. 선생님이 6학년 우등생들도 못 풀더라고 해서 나에게 풀려
보아야겠다 싶어 문제를 얻어왔다는 것이었다.

　초등학교 3학년이었던 나에게는 아주 까다로운 문제로 보였
다. 그런데 찬찬히 들여다보니 맥만 잡으면 풀 수 있을 것 같았
다. 내가 그 두 문제를 풀어내자 아버지는 무척 흐뭇해 했다.

　어릴 적 나는 아침마다 전날 밤 숙제한 공책을 어디에 두었는
지, 필통은 어디에 있는지 찾느라 온 집안을 뒤집어놓을 만큼
기억력이 없었다. 그런데 신기하게도 무엇을 논리적으로 풀어

내라고 하면 신이 났다. 적성검사를 하면 수학자나 과학자, 판검사와 같은 직업이 나에게 맞다고 나왔다. 그런 논리적인 머리 덕분에 나는 그 빈약한 기억력에도 불구하고 서울대학에도 가고 사법시험에도 합격했는지 모른다.

  그러나 그 논리적인 머리가 나를 늘 외롭게 했다. 누구를 만나든 자연스레 그 사람의 빈틈이 눈에 들어왔고 그 빈틈을 메워주고 싶어 말을 꺼내면 상대는 자기를 공격하는 줄 알고 방어를 하고 나는 더 논리적으로 반박하게 되어, 사랑으로 시작했는데 사람들이 나에게서 멀어져갈 땐 당황스럽고 가슴이 아팠다.
  그럼에도 나는 논리적으로 상대의 허점을 파고 들어가야 하는 변호사 일을 하면서 더욱더 논리적인 사람이 되어가고 있었다. 또 빈틈을 노려 누구를 논리적으로 공격해가는 것은 적성에도 딱 맞는 일이라 시민운동이라는 명분으로 국가적으로 떠들썩한 문제들에 끼어들어 이름을 날리고 싶은 욕구도 생겼다.

  그러던 어느 날 밤, 아내와 베토벤 음악을 들었다. 그 환상적인 선율에 잠을 이룰 수 없었다. 새벽이 되어서야 잠깐 눈을 붙였다가 사무실에 출근했는데 온통 논리의 틀에 갇힌 내가 그렇게 부자유로운 사람으로 느껴질 수가 없었다.

집에 돌아가 또 음악을 들었다. 음악에는 우주를 넘나드는 자유로움, 신과 속삭이는 고결함이 있었고 사람에 대한 사랑이 있었다. 아, 나도 저런 품격있는 삶을 살 수 없는가! 머리가 아닌 가슴으로 살아가고 싶었다. 그러나 머리로만 살아온 내가 무엇을 할 수 있다는 말인가.

나는 음악시간만 되면 머리가 아팠다. 심한 음치에 기억력까지 없어서 방금 들은 노래도 다시 부르라고 하면 음정, 박자는 물론 가사도 생각나지 않아 우스꽝스러운 소리만 나왔다. 미술시간도 괴롭긴 마찬가지였다. 어느 날 끙끙대며 그림을 그리고 있는 나를 보고 미술부 선배가 딱했던지 내 화판에 10여 분간 쓱쓱 색칠을 했다. 그 형 덕분에 처음으로 내 그림이 복도에 걸렸지만 나는 기쁘기보다 더욱 좌절감을 느꼈다.

그래도 나는 자부심을 갖고 있었다. 논리적으로 따지는 데는 나를 따를 자가 별로 없다고 믿고 있었기 때문이다. 그런 내가 며칠간 베토벤 음악을 들으면서 내 모습을 보기 시작했다.

논리의 틀, 세상의 틀에 갇혀 있던 나는 '내가 뭔가를 이루어야만 한다'는 집착 속에서 안절부절 살아왔다. 그런데 음악을 들으면서 무엇이 나를 이렇게 행복하게 하는가 곰곰 생각해보게 되었다. 음악에는 누구보다 앞서려는 경쟁이 없었고, 자신만을 채우려는 욕망도 꿈틀대지 않았다. 음악 같은 삶을 살아야겠다고 다짐했다.

성당에 교리를 신청했다. 신부님도 수녀님도 아닌 평신도가 교리실에 들어왔다. 그 교리교사는 나보다 머리도 좋아 보이지 않았다. 그러나 그에게는 내가 갖고 있지 않은 온유함이 있었고 내가 갖고 있지 않은 봉사정신이 있었으며 내가 갖고 있지 않은 유머가 있었다. 그 무엇보다도 하느님에 대한 사랑이!

지금도 그의 굵직한 음성이 생생하게 들려온다. 조그만 의자에 앉아 나직한 목소리로 교리를 가르치다가도 한껏 천진한 웃음을 터뜨리며 웃어대던 중년의 그가. 나는 초등학생으로 돌아간 듯 그 시간이 행복했다.

글이 쓰고 싶어졌다. 내가 새롭게 느끼게 된 세상을 사람들과 나누고 싶었다. 그런 바람은 내가 강자를 비난함으로써 나도 강자의 반열에 오른 듯한 기분을 맛보려는 것과는 비교할 수 없이 강렬하고 귀한 느낌이었다. 그러나 논리로 가득한 법률문서 말고는 연애편지 한번 제대로 써보지 못한 내가 어떻게 그런 글을 쓸 수 있겠는가. 무수히 썼다가 지우고 또 썼지만 아내와 아이들에게 딱딱한 글이라는 비난만 받았다.

그러나 글을 쓰고 싶은 열망은 식을 줄 몰랐다. 나는 차츰 주위 사람들로부터 내 글이 재미있다는 말을 듣기 시작했고 지금은 무슨 글을 그렇게 잘 쓰느냐는 칭찬도 받게 되었다. 머리가 아닌 가슴으로 쓰는 글로 칭찬까지 받게 되다니….

오페라 아리아를 들을 때면 사람들이 그 아름다운 선율에 담긴 뜻을 알고 싶을 거라는 생각이 들었다. 그 아름다움을 우리말로 표현해 낸다면….

그러나 우리말로는 발성도 어렵고, 어순과 음절이 달라 번역조차 힘들어 우리말 오페라는 거의 실패였다고 했다. 아리아에 담긴 뜻은 물론 노래의 느낌까지 고스란히 전해지도록 가사를 바꾸는 것은 더더욱 불가능하다는 것이다. 더구나 나는 음치가 아닌가. 감히 엄두도 내서는 안되는 일이었다.

그래도 나는 포기하고 싶지 않았다. 우리말에도 뜻을 잘 담을 수 있는 아름다운 단어들이 있다는 믿음이 있었다. 노래를 몹시 좋아하는 성악가를 옆에 앉혀두고 한 소절 한 소절 노래를 부르게 하며 우리말 가사를 붙이기 시작했다.

그런데 이게 웬일인가. 마치 고등학생 때 내 곁에 다가와 쓱쓱 색칠하던 그 선배처럼 가사가 술술 풀려나오는 것이었다. 작업을 하던 내가 어리둥절할 지경이었다. 〈가톨릭다이제스트〉에

실릴 글들을 독자들에게 잘 전해야겠다는 마음에 뜻이 분명하도록 다듬고 또 다듬어 왔는데 나도 모르게 필력이 쌓인 것이라는 생각이 들었다.

사람들에게 정말 아름다운 것을 함께 느끼도록 하고 싶다는 사랑의 마음이 내가 가진 능력 이상의 힘을 발휘하도록 한 것이다. 사랑만 있으면 글을 못 쓰는 사람도 글을 쓸 수 있고, 음치도 노래를 만들 수 있다는 새로운 세계로 들어선 것 같아 가슴이 뛰었다. 내가 만든 가사를 불러보던 성악가도 신기한 얼굴로 행복해했다.

나는 차츰 논리에서 멀어져가고 있다. 머릿속 내 능력이 아닌 내 가슴 속 사랑으로 자연스러운 사람으로 살아가는 것이 얼마나 아름다운지 깨달아가고 있다. 내 적성이 내 삶을 끌어가게 할 것이 아니라 내 가슴이 내 삶을 끌어가게 해야 정녕 바라는 일을 할 수 있고 내가 행복해질 수 있다는 진리를 가슴 깊이 간직한다.

무엇보다 사람에 대한 사랑만 있으면 이 세상에 못할 것이 없다는 믿음을 내 가슴 깊이 간직하게 된 것이 내 인생 최고의 성공이 아닐까.

그가 그립다

나는 학교를 뒤지고 뒤졌다. 그러나 내 신발은
어디에도 없었다. 그런데 나처럼 이곳저곳 뒤지고
다니는 아이가 있었다. 돌아갈 여비 외에는
돈 한 푼 없었던 나는 그에게 신발값을 빌려보고
싶었다. 그러나 처음 만난 나에게 뭘 믿고 돈을 빌려
주겠는가. 신발가게가 보이자 그가 신발을 사 신자고
했다. 내가 신발 살 돈이 없다고 털어놓자…

신발 잃고 친구 얻던 날

사무실 소파에 누워 잠시 하늘을 본다. 솜털 같은 구름 사이
로 한 친구가 떠오른다. 일요일이면 늘 단정하게 교복을 입고
미소를 띤 채 내 자취방을 찾아오던 그….

수십 년이 지났건만 그와 함께 걷던 길거리며, 보았던 영화
며, 심지어는 히히덕거리며 나누었던 이야기까지 생생하다. 마
치 고등학생 시절로 돌아간 듯 가슴이 뜨거워 온다.

나는 섬에서 대도시로 입학시험을 보러 갔었다. 그런데 시험
을 마치고 나오니 내 신발이 없었다. 어머니가 도시에 간다고

새로 사준 신발이었는데…. 나는 학교를 뒤지고 뒤졌다. 그러나 내 신발은 어디에도 없었다. 신발도 없이 어떻게 돌아간단 말인 가! 그런데 나처럼 이곳저곳 뒤지고 다니는 아이가 있었다. 그와 나는 신발장에 남겨진 닳아빠지고 고린내 나는 신발을 신고 학교를 나왔다.

돌아갈 여비 외에는 돈 한 푼 없었던 나는 그에게 신발값을 빌려보고 싶었다. 그러나 처음 만난 나에게, 더구나 그 학교에 떨어지면 서로 만날 수도 없는 나에게 그가 뭘 믿고 돈을 빌려 주겠는가. 이런저런 생각을 하며 그와 기차역을 향해 걸었다.

역까지는 상당히 먼 거리였다. 중간쯤 와서 돈을 빌려줄 수 있는지 물으려는데 골목에서 모자를 삐딱하게 눌러쓴 학생들이 우리를 불렀다. 인상이 험악한 그들의 말을 듣지 않았다가는 봉 변을 당할 것 같아 멈칫멈칫 그들 앞으로 갔더니 다짜고짜 "돈 좀 꿔줘." 했다.

내가 머뭇거리는 사이 그 친구가 말없이 호주머니에서 돈을 꺼내 그들에게 주었다. 그러자 그들은 가보라고 고갯짓을 했다.

나는 "돈 없다는 말 한번 해보지 않고 왜 그냥 돈을 줘버렸 냐."고 그에게 물었다. 그러자 그는 그들도 오죽 돈이 없으면 그러겠냐는 것이었다.

그 친구는 가톨릭계 마리아 중학교를 다녔고, 아버지가 시인이자 교사이며 어머니는 어릴 때 집을 나갔고, 목포 양을산 밑에서 산다고 했다.

신발가게가 보이자 그가 신발을 사 신자고 했다. 내가 신발 살 돈이 없다고 털어놓자 그가 선뜻 돈을 빌려주겠다고 했다. 나는 그의 주소를 받아 적었지만 돈을 갚을 자신은 없었다. 그와 내가 모두 합격할지도 알 수 없었고, 시골 우리 집에는 전화도 없는 데다 섬에서 목포까지 그의 집을 찾아간다는 것도 쉬운 일은 아닐 것 같았다. 하지만 걸레처럼 너덜너덜한 그 신발로는 도저히 집에 갈 수 없어서 선뜻 돈을 빌려 그와 나는 새 신발을 사 신었다.

그 후 합격자 발표까지 상당한 시간이 흘렀다. 그도 합격했는지 궁금했다. 입학식 날 그를 찾았지만 보이지 않았다. 그의 집을 꼭 찾아가리라 마음먹었다. 그런데 얼마 후 그가 다른 반 교실에서 나오는 것을 발견하고 얼마나 반가웠는지…. 나는 그에게 돈을 갚으며 언젠가 양을산 밑 그의 집에 가보자고 했다. 그렇게 우리는 친구가 되었다.

그도 나도 방 한 칸씩을 빌려 자취를 했는데 외로운 우리는 자주 오갔다. 토요일 오후면 그의 자취집에 갔다가 내 자취집으로 함께 와 저녁까지 이야기를 하기도 하고 시내를 어슬렁거리기도 했다.

그렇게 지냈던 그와 나는 다른 대학을 다니게 되면서 서로 뜸해졌다. 졸업 후 몇 년 만에야 그의 소식을 알고 양을산 밑 그의 집을 방문했다. 시인의 집이라서 그런지 책만 가득했고 아버지는 엄격해 보였다. 어머니 없이 자라며 그가 겪었을 그리움이 온 집안에 배어있는 듯했다.

그 후 얼마간 내왕을 했는데 그가 결혼식을 올리고 아버지와 함께 남미로 이민을 간다고 했다. 섭섭했지만 언젠가 그를 만나러 남미를 방문하겠다는 생각을 하며 그와 이별을 고했다. 그러나 이민생활이 어디 쉽겠는가. 몇 번 전화 연락이 되더니 그나마 소식이 끊기고 그렇게 이십여 년이 지나고 말았다.

나는 양을산 밑에 있는 그의 집이 생각나 목포에 간 김에 찾아가 보았다. 포장 안 된 신작로 전봇대 사이에 홀로 외롭게 서 있던 그의 집은 없어지고 아파트만 즐비했다.

그가 알려줬던 번호로 몇 번 더 전화를 해보았지만 연결되지 않는다는 안내뿐이었다. 인터넷도 뒤져보았지만 그의 이름은 어디에도 없었다.

혹 시인인 아버지 이름은 나올까 하여 그 옛날 그가 돈을 빌

려주면서 가르쳐준 그의 아버지 이름으로 검색해보았다. 70년
대에 목포에서 문예지를 창간하고 고교교사를 했다는 문인들의
회고담과 아들을 따라 이민 갔다는 소식은 여럿 있었지만 그 후
의 근황은 없었다.

그 당시 목포에서 그의 아버지 이름을 대면 여고생들까지도
잘 알고 있었는데 이제 그분도 과거 속 인물이 된 것인가. 그래
도 혹시나 하며 더 검색하다 보니 목포시민신문에 그분의 기사
가 실려있었다. 흥분이 되어 그 기사를 쓴 기자에게 전화를 걸
었다. 몇 번이나 전화를 해도 받지 않았다. 한참 후 다시 전화를
했더니 여기자의 친근한 목소리가 들려온다. 서울에서 오는 전
화라 광고성 전화인 줄 알고 안 받았다는 것이었다.

남미에서 선교사로 활동하다가 몇 년 전 돌아와 조그만 슈퍼
를 하고 있는데 곧 교회를 열 거라는 그분의 소식을 들려준다.
자초지종을 설명했더니 사무실에 들어가서 전화번호를 알려주
겠다고 했다.

좀이 쑤셔 그분의 제자였다는 한 아동문학가에게 전화를 했
다. 전남도청에 근무하다 목포에서 동장을 하는 분이었다. 그의
구수한 목소리에서 진실한 마음이 풍겨온다.

시를 좋아하는 자신을 선생님이 몹시 귀여워해 주셨다는 것,

엄격했지만 성실하고 따스한 분이었다며 자신도 찾아뵙고 싶으니 연락처를 알아보겠다고 했다.

지금 나는 그들의 전화를 기다리고 있다. 그의 아버지와 통화가 되면 나는 그의 소식을 물을 것이다. 그리고 목포에 가면 그의 아버지를 만날 것이다. 그리고 내가 돈 꾼 이야기를 다시 할 것이다. 아마 그가 아버지에게 그 이야기를 했을 터이지만 아름다운 과거를 다시 기억한들 시간 낭비는 아닐 것이다.

시간이 된다면 그가 사는 남미에도 가고 싶다. 그의 사는 모습도 보고 싶고 선한 그를 닮았을 그의 아이들도 보고 싶다. 그러나 그것뿐이다. 더 이상 내가 무엇을 할 수 있겠는가. 과거를 기억하고 사람을 그리워하는 것, 그보다 더 아름다운 일은 없을 것이기에.

오늘도 창밖으로 보이는 하늘은 고교 시절 그와 도시를 거닐며 보았던 하늘처럼 맑기만 하다.

어머니 식당에서 일을 돕던 그녀는 식사하러
오는 한 청년을 눈여겨보게 되었다. 그렇게
순수해 보이는 사람이 있다는 사실이 놀라웠다.
그녀는 단박에 그를 짝사랑하게 되었다.
말 한마디 나누지 못했지만 그녀는 그와
결혼하게 해달라고 날마다 기도했다.

내 친구 문수네 집

천변을 따라 골목을 돌아 걸으면 문수네 집이 나왔다. 섬에서
중학교를 나온 나는 그 대도시에 친구 하나 없었다.

어느 날 귀갓길에서 같은 반 문수를 만나게 되었고 그 인연으
로 학교가 끝나면 매일 함께 집으로 돌아왔다. 그가 집으로 들
어가고 다시 천변을 따라 더 걸으면 내가 머물던 자취방이 나왔
다. 적막한 자취방은 특히 학교가 빨리 끝나는 토요일 오후에는
더욱 어두컴컴해 보였다.

책상에 앉아 책을 펴보아도 방바닥에 누워 공상을 해봐도 돌
아오는 것은 그저 외로움이었다. 문수네 집에 놀러 갈까 생각도

해보지만 가족과 함께 있는 그에게 나는 불편한 존재일 수도 있었다. 그래서 나는 그의 집에 가는 걸 자제했지만 외로움을 참을 수 없는 날엔 결국 그를 찾게 되었다.

말수 없는 그는 싫은 내색 없이 나를 반겨주었고 그와 함께 산을 오르거나 천변을 걸으며 이런저런 이야기를 나누는 것만으로도 나는 한결 기분이 나아졌다.

지금도 천변을 따라 문수네 집으로 가는 길이 떠오르는 것은 무엇 때문일까? 2학년이 되어 나와 그는 반이 갈렸고 그렇게 세월은 흘렀다. 그가 의과대학을 나와 어디에선가 병원을 한다는 이야기를 들었지만 의사쯤 되었다고 그도 세상을 누리는 맛에 폼이라도 잡는 사람이 되어 있으면 어쩌나 하는 두려움에 선뜻 연락도 못 했다.

그런데 10년 전 문수에게서 전화가 왔다. 병원에 법률문제가 생겼다며 자문을 구하는 것이었다. 나를 보고 싶어서가 아니라 세상사로 전화를 한 것이어서 섭섭하기도 했지만 한편 반갑기도 하여 약속을 잡았다.

친구는 세 딸과 부인과 함께 내 집을 방문했다. 나는 그들에게 내가 좋아하는 음악을 들려주고 함께 식사를 하고 헤어졌다. 그 후 그와 가끔 전화를 하긴 했지만 그가 나와의 추억을 소중

하게 여기는 것 같지도 않아 그저 학교동창으로 안부나 묻는 정
도로 지냈다.

　그러던 어느 날 문득 친구가 환자들 치료만 하며 세월을 보내
는 것 같아 화이트홀 영성강좌에 초대했다. 세 딸과 부인과 함
께 강의를 들으러 왔는데 그는 그 훌륭한 강의를 듣고도 무덤덤
한 것 같았다. 역시 세상에는 귀한 것을 알아보는 사람이 드물
다는 생각에 고교 시절 그 외로움이 또다시 밀려오는 듯했다.

　그런데 며칠 후 대학에 다니는 문수의 큰딸이 연락을 해왔다.
소규모 문화사업을 하는 사람을 인터뷰하는 과제가 있는데 시
간을 내줄 수 있겠느냐는 것이었다. 뻔한 질문으로 시간을 허비
할 것 같아 거절하려다가 어릴 적 문수와 천변을 따라 걷던 길
들이 떠올랐다. 그녀를 만나보기로 했다.

　약속한 날 내 사무실에 들어서는 문수 딸의 얼굴에는 미소가
가득했다. 나는 그녀에게 내가 들려주고 싶은 모든 것을 들려주
었다.

　얼마 후 화이트홀 음악회에 문수네 가족을 초대했다. 그녀는
생글생글 웃더니 "아저씨, 방학 때 여기 와서 아르바이트해도
돼요?" 하고 묻는 것이었다.

　며칠 후 그녀가 사무실에 왔는데 언제나 미소짓는 그녀, 나는

문수 딸만 보면 기분이 좋아졌다. 어떤 말을 해도 선하게 받아들이는 아이…. 그녀가 하는 일이라고는 독자들의 이름과 전화번호, 주소를 입력하는 단순하고 반복적인 일이었다.

그런데 그녀는 그 지루하고 재미없는 일을 한결같이 기쁘게 했다. 내가 "재미없지?" 하고 물으면 그녀는 한결같이 "재미있어요." 하고 대답한다.

독자 이름과 주소입력은 잡지사로서는 매우 중요한 일이지만 반복되는 단순작업이어서 그 일을 즐겁게 하는 직원이 없었다. 아르바이트를 하는 녀석들에게 맡기면 이름을 틀리게 입력하거나 번지수를 빼먹어 직원들이 두세 번 확인을 해야 했다.

그런데 그녀가 일하는 모습을 보니 기계적으로 입력하는 것이 아니라 독자 한 사람 한 사람을 머릿속으로 그리며 입력하는 것 같았다. 그러니 이름이 틀리거나 번지수를 빼먹는 일도 없었다. 그녀가 단순한 일을 한 달이 넘도록 꾸준히 즐겁게 일하는 비결이 궁금했다.

얼마 후 아내는 문수 부인에게서 들었다며 그들의 결혼 이야기를 해주었다. "어머니 식당에서 일을 돕던 그녀는 식사하러 오는 한 청년을 눈여겨보게 되었다. 그렇게 순수해 보이는 사람이 있다는 사실이 놀라웠다. 그녀는 단박에 그를 짝사랑하게 되었다. 말 한마디 나누지 못했지만 그녀는 그와 결혼하게 해달라고 날마다 기도했다.

의과대학에 다니면서도 수도자가 되려고 했던 문수가 어머니의 반대로 그 뜻을 접었던 즈음이었다. 결국 그녀의 기도 때문인지 그들은 결혼했다. 당시 집안이 어려웠던 그녀는 결혼 후에야 문수의 외조로 대학에 들어갔다."

문수에 대한 의문이 풀리는 느낌이었다. 고교 시절 내가 하굣길에서 세상 이야기를 수없이 떠들어댈 때 그는 나와 다른 생각을 하고 있었을 것이다.

그래서 같은 길을 걸어 집으로 돌아왔지만 그와 진정한 대화를 나눈 기억이 없었던 것이다. 그는 외로운 나를 받아주었지만 나는 그의 외로운 가슴을 채워주지 못했다. 그때 그와 나는 친구였지만 사실 친구가 아니었다.

순수함을 좇던 문수 아내의 눈에는 문수의 순수함이 고스란히 들어왔을 것이고 그녀의 마음을 사로잡았을 것이다.

그녀는 그의 친구가 될 수 있었다. 그 사이에서 태어난 아이가 보고 배웠던 것도 아빠, 엄마의 순수였을 것이다. 그 순수가 자라 미소로 흘러나오고 그 미소가 날마다 나를 기쁘게 해주고 있는 것이다.

나는 문수를 새롭게 알게 되었고 그와 새로운 우정을 키울 수 있을 것 같아 마음이 설렌다. 그리고 순수함이 얼마나 큰 매력인지, 순수한 꿈이 얼마나 큰 힘을 갖고 있는지, 또 내가 얼마나 사람을 건성으로 봐왔는지 다시 생각해보게 되었다.

오늘도 문수 딸은 우리 사무실에서 열심히 독자카드를 입력하고 있다. 나는 살며시 그녀를 살펴본다. 그녀의 얼굴은 미소로 여유롭지만 손은 바쁘다. "힘들지 않아?" 물으면 "이 좋은 책을 알아보고 신청해주는 사람들이 있다는 게 너무 신기하고 재미있어요."

한결같은 그녀의 대답에 나는 오늘도 행복하다.

국문과를 졸업한 그도 처음 잡지사에 들어가서는
독자들의 편지에 답장하는 일부터 했다. 누구나
잡지에 글을 싣는 폼나는 일은 하고 싶어 해도
독자들에게 답장하는 일은 시시해 했는데
그는 몇 년씩이나 그 일을 아주 즐겁게 했다.
그 잡지사의 주필이 되고 작가로서 명성을 얻게
된 것도 그 '독자편지 담당'에서 비롯되었다.

그가 그립다

고시공부를 위해 들어간 절간은 늘 고요했다. 오전에 법서를 읽고 혼자 점심을 해먹고 나면 하늘을 지나가는 구름과 내리쪼이는 햇볕뿐…. 텅 빈 것만 같은 내 영혼에 한 줄의 글이라도 들어가야 나는 다시 법서로 눈길을 돌릴 수 있었다.

마침 그곳에 누군가 읽다 만 잡지가 몇 권 있었다. 나는 절간에서 그걸 읽으며 세상과 만날 수 있었다. 성공과 실패, 사랑과 용서가 따스한 시각으로 그려져 있어 나도 세상에 나가면 그렇게 살리라 다짐했다.

그런데 무엇보다도 즐겨 읽었던 것은 소박한 사람들의 마음이 오고 가는 '독자편지'란 이었다. 그런 사람들이라면 이 절간의 고요함도, 저물녘 산등성이에서 본 맑은 하늘도 나눌 수 있을 것 같았다.

고시에 합격하여 도시로 나온 나는 그런 소박한 마음들을 만나고 싶었다. 맑은 새벽이슬에 눈길을 멈추고, 살며시 불어오는 바람결에 지그시 눈을 감고, 창밖으로 보이는 조각구름에 하늘을 쳐다보는 그런 사람들…. 그런데 세상에는 내가 만나고 싶었던 사람들이 의외로 드물었다.

15년 전 급작스레 잡지를 맡게 된 나는 무얼 어떻게 해야 할지 갈피를 잡을 수 없었다. 출판사 사람도 작가도 만나보았지만 모두가 광고를 잘 수주하고 유명작가의 글을 실어야 된다는 천편일률적인 말뿐이었다. 그런 판에 박힌 잡지는 만들고 싶지 않았다. 그러나 더 이상 의논할 데도 없어 막막했다.

새벽 어스름에 잠이 깨어 음악을 틀었다. 단순하게 반복되는 피아노 변주곡에 마음이 한없이 맑아졌다. 다정한 얼굴이 떠올랐다.

어느 겨울, 새벽 미사에 갔는데 신부님 대신 허름한 양복을 입은 그가 강론을 했다. 어린 시절 할머니 손에 자라면서 어머니를 그리워했던 그의 애태움이 하나하나 내 가슴에 닿았다. 미사가 끝나고 성당마당으로 나왔다. 그가 탁자에 자신이 쓴 책을 펼쳐놓고 쑥스러운 미소를 지으며 서 있었다. 대부분 책을 거들떠보지도 않고 집으로 돌아가기 바빴다. 추운 새벽바람에 그가 더욱 추워 보였다.

텅 빈 마당에 나와 아내와 그만 남았다. 말 한마디라도 건네고 싶어 그에게 다가섰다. 그가 눈인사를 했다. 맑고 커다란 눈에 따스함이 서려 있었다. 몇 권의 책을 고른 내게 고맙다고 인사하는 그의 음성이 선하고 다정했다. 돈을 건네고 눈인사만 나눈 뒤 헤어졌다. 그냥 그것뿐이었다.

그를 만나고 싶었다. 그런데 큰 잡지사 주간으로 늘 바쁜 그가 우리 같은 조그만 잡지사 편집모임에 참석해줄까 망설여졌다. 그런데 아내가 시골에서 고등학교를 갓 졸업하고 올라온 여직원에게 전화를 드리도록 하자고 했다.

여직원이 떨리는 목소리로 전화를 했다. 대표가 직접 전화하지 않고 어린 아가씨가 전화를 해 언짢아하진 않을까 걱정도 되었다.

그런데 그가 가장 먼저 모임에 도착했다. 중요한 선약이 있었지만 떠듬거리는 그 아가씨의 목소리에서 마음이 느껴져 거절할 수 없었다면서, 만약 내가 전화를 했다면 양해를 구하고 선약을 지켰을 거라고 했다.

그날, 그는 내가 그동안 들어왔던 조언들과 전혀 다른 이야기를 해주었다. 광고나 유명필자의 글을 싣는 것도 좋지만 독자 한 사람 한 사람과 진심을 나누는 것이 무엇보다도 중요하다는 것이었다.

국문과를 졸업한 그도 처음 잡지사에 들어가서는 독자들의 편지에 답장하는 일부터 했다는 것이었다. 누구나 잡지에 글을 싣는 폼나는 일은 하고 싶어 해도 독자들에게 답장하는 일은 시시해 했는데 그는 몇 년씩이나 그 일을 아주 즐겁게 했다고 했다. 사람들이 무얼 원하는지 조금씩 알게 된 것도, 그 잡지사의 주필이 되고 작가로서 명성을 얻게 된 것도 그 '독자편지 담당'에서 비롯되었다는 것이다. 절간에서 내가 즐겨 읽었던 '독자편지'에 그의 마음이 담겨있었단 말인가! 그의 조언은 내가 꿈꿔온 소망에 확신과 용기를 주었다.

그에게 글을 부탁했다. 한창 필명을 떨치던 그가 비틀비틀 걸음마를 시작한 종교잡지에 글을 쓸까 의문이 들었다. 그런데 그가 글을 보내왔다. 아내와 나는 너무나 아름다운 그의 글을 읽고 사무실이 떠나갈 듯 만세를 불렀다.

나는 그와 가까이 지내고 싶었다. 대학로 오래된 벽돌건물 3

층 그의 사무실을 찾았다. 그는 특유의 환한 웃음을 지으며 잡지 운영에 대해 솔직하게 조언해주었다. 절간에서 그토록 만나고 싶었던 사람을 비로소 만난 것 같았다. 불쑥 찾아가도 밤새 오순도순 이야기를 나눌 수 있는 친구 같은 형님을 만났다는 기쁨이 번져왔다.

그 얼마 후 말기 암으로 병원에 누워있는 그의 병실을 찾았다. 마른 얼굴, 퀭한 눈, 그러나 여전히 밝은 그 웃음이 나를 맞아주었다. 죽음의 그림자가 그를 둘러싸고 있는데도 그는 나를 즐겁게 해주려고 애를 썼다.

시골 내려가는 버스를 타기 전 예쁜 아가씨가 앉아있는 자리를 봐두었다가 버스표 판매원에게 그 옆자리를 달라고 와이로를 먹였다는 이야기까지…. 병실이 밝아져 오는 것 같았다.

입원실을 나오자 눈물이 주르륵 흘러내렸다. 아기 때 세상을 떠난 어머니를 평생 그리워해 온, 한없이 낮아 보이는 작은 사람들에게 친밀하게 다가갔던, 자기를 드러내기보다는 남에게 위로 한 토막이라도 건네주려고 글을 쓰는 한 사나이가 이 세상에 있다는 사실이 너무나 감격스러웠다.

얼마 후 그의 장례식장을 나서며 나는 그가 그토록 그리워했던 어머니를 이제는 만나겠구나 하는 생각에 한편으론 마음이 놓였다. 그가 그립다.

"정채봉 형님, 내가 얼마나 좋아했는지 아세요? 그렇게 빨리 가버리시다니…." 그러나 그의 따스한 마음까지 이 세상에서 사라진 건 아니다. 그의 조언대로 독자 한 사람 한 사람을 소중히 여긴 결과 15년 전 아무도 봐주지 않던 조그만 잡지가 수만 명이 보는 큰 잡지로 변했다.

더구나 그 작은 잡지에 보내주었던 그의 글을 나는 앙코르로 다시 싣고 단행본으로도 만들어 수십만 명이 그의 맑은 마음과 만날 수 있게 했다. 나는 지금도 사람들을 만나면 정채봉 작가의 그 아름다운 글을 읽어준다.

그토록 그리워했던 엄마를 하늘나라에서 만나 그는 또 무슨 이야기로 엄마를 기쁘게 하고 있을까.

*인천 시내 중심가 높다란 언덕배기 답동성당에는
서해바다의 차가운 바람이 몰아치고 있었다.
움츠러든 몸으로 아내와 사제관에 들어섰는데,
신부님이 온화한 미소로 반갑게 맞아주어 사제관
곳곳에서 봄바람이 불어오는 것 같았다. 마음 맞는
사람과의 대화란 이렇게 즐거운 것인가!*

사제관의 그 식탁

이수일 신부님을 처음 만난 것은 15년 전 어느 추운 겨울 저녁이었다. 인천 시내 중심가 높다란 언덕배기 답동성당에는 서해바다의 차가운 바람이 몰아치고 있었다.

온몸을 헤집고 들어오는 찬바람에 움츠러든 몸으로 아내와 사제관에 들어섰는데, 신부님이 온화한 미소로 반갑게 맞아주어 사제관 곳곳에서 봄바람이 불어오는 것 같았다.

신부님과 마주 앉아 세상과 교회에 대해 얘기를 나누었다. 마음 맞는 사람과의 대화란 이렇게 즐거운 것인가!

그런데 한순간 그분과 나 사이에 견해차가 큰 사건이 끼어들었다. 사회적으로 민감한 문제였는데 내가 직접 목격한 바와 다르게 알고 계셨다. 직선적인 나는 그분의 의견을 공박하기 시작했고 그분 역시 거침없이 내 의견이 잘못되었다며 시정해주려고 했다.

그때 나는 신부님께 〈가톨릭다이제스트〉 홍보를 겨우 허락받고 방문한 터라 신부님 앞에서 약자였다. 신부님은 사제였고 나는 평신도였다. 신부님은 나이 드셨고 나는 젊었다. 어느 모로 보나 신부님이 화를 내며 나를 쫓아낼 만했다. 그러나 신부님은 내 의견을 끝까지 들어주시며 깊이 생각해보라는 말씀으로 끝을 맺었다.

저녁식사 시간, 식탁에는 서울에서는 맛볼 수 없는 싱싱한 해산물이 정성스럽게 차려져 있었다. 토요일 오후 늦게까지 일을 하다 허겁지겁 달려온 나로서는 너무나 감격스러웠다. 신부님은 "잡지 만들고 홍보 다니느라 제대로 챙겨 먹지도 못할 것 같아 특별히 준비했다."고 하셨다.

어린 시절, 출렁이는 파도 소리가 들려오던 우리 집 식탁에는 늘 싱싱한 생선이 올라왔다. 손님이 오면 어머니는 그 싱싱한 생선으로 회를 무치고 조림을 만들어 술안주로 내놓아 우리 집은 늘 잔칫집 같았다.

　겨울에는 안방에 따뜻한 화로를 피워놓고, 여름에는 나무그늘 아래서 어른들이 도란도란 얘기하다 웃는 소리가 들려오면 나는 쭈뼛쭈뼛 다가갔고 어른들은 내 머리를 쓰다듬어주곤 했다. 사제관 식탁에 앉아 밥을 먹는 동안 고향집의 그 모습이 스쳐 지나갔다. 수십 년 만에 맛보는 그 생선 맛, 도란도란한 정경…. 왠지 모를 따스함이 내 온몸을 감쌌다.

　식탁에는 순해 보이는 젊은 손님 사제 한 분도 함께했다. 신자들로부터 말도 안되는 오해를 받고 고통스러워하는 후배 신부에게 마음을 가라앉힐 동안 함께 그곳 사제관에 머무르자고 한 것이었다.
　쓰라린 가슴을 부여안고 방황하는 젊은 신부와 그 아픈 가슴을 달래주는 선배 신부의 모습이 깊은 인상으로 남았다. 그 식탁은 그렇게 나에게 많은 것을 한꺼번에 느끼게 한 자리였다.

　몇 달이 지나 신부님은 아이들과 함께 방문해달라고 연락을 주셨다. 초등학교, 유치원에 다니는 세 아이들을 데리고 사제관에 들어섰다. 신부님은 아이들을 위해 어린이날 선물을 준비해두셨다가 아이들 이름을 하나하나 부르며 주셨다.

"엄마 아빠가 잡지 만드느라 너희를 돌볼 시간이 없지? 그래도 부모님이 아주 뜻있는 일을 하시는 거니까 자랑스럽게 여기면 좋겠다."며 격려도 해주셨다. 그리고 다시 그 아름다운 식탁이 마련되었다. 아이들은 너무나 맛있게 음식을 먹었다.

어린 시절, 학교에서 돌아오니 아버지가 나를 위해 생선을 사다가 찌개를 끓여놓아 허겁지겁 맛있게 먹었던 기억이 있다. 그런데 나는 그런 적이 한 번도 없어 '내 아이들은 그런 맛을 모르겠구나' 미안한 생각이 들곤 했는데, 그동안 내가 못 해준 것들을 신부님이 대신 다 해주시는 것 같았다.

나는 마음속으로 소리쳤다. "하느님, 감사합니다. 아이들에게 세상에는 정말 사랑이 많은 사람들이 있다는 것을 느끼게 해주고 싶었는데 오늘 이런 자리를 마련해주셔서 감사합니다."

돌아오는 차 안에서 나는 생각해보았다. 내가 변호사 일만 열심히 했더라면 아이들이 저토록 아름다운 신부님을 만날 수 있었을까. 그렇게 10여 년이 훌쩍 흘렀다.

신부님이 은퇴하셨다는 소식을 듣고 언젠가 꼭 찾아뵈어야지 했지만 마음뿐 전화 한번 드리지 못했다. 그런데 얼마 전 신부님으로부터 뜻밖의 엽서가 왔다.

윤 학 미카엘, 미카엘라 님

적조했습니다. 보내주시는 잡지를 통해 같은 하늘 아래서
주님 찬미하시는 모습을 따뜻하고 생생하게 접하고
있습니다. 제 옆에 이런 분이 가까이 계셔서 얼마나
고마운지 모릅니다.
부끄럽게도 서열만 높아 원로 사제직에 접어든 지 일 년이
넘었습니다. 고독을 만끽하면서 하느님과 통교할 수 있는
넉넉한 시간을 허락해주신 교회에 감사하며 살고 있습니다.

고독이 이토록 값진 선물임을 왜 일찍 깨닫지 못하고
엄벙덤벙 살았었는지…. 모든 것을 내려놓으니까 뭐가
진짜 내 것인지를 찾을 수 있으니, 고독하지만 고독하지
않게, 고독을 값진 선물로 알고 잘 간수하며 살아가는
하루하루가 굉장히 행복합니다.

강화 특산물 속 노란 고구마를 쪄서 말린 것을 보내드릴 수
있어서 기쁩니다. 지인들은 이것을 '천사들의 간식'이라고
하더군요. 사과 파이도 드세요. 제가 직접 구운 것입니다.
벼르고 벼르다 이제야 음악회를 갈 수 있게 되어서
벌써부터 마음이 설렙니다. 부디 주님 평화 향유하시는
멋진 나날 되시길….

강화 여차리에서 이수일 신부

신부님이 직접 구운 사과 파이를 먹으면서 나는 신부님과 만
날 음악회 날을 기다렸다.

13년 만에 보는 신부님은 이제 노사제가 되어있었다. 그러나
그 온화한 얼굴빛과 따스한 목소리는 여전했다. 신부님의 부드

러운 미소에 나는 신부님의 품에 안기고 싶다는 생각이 들었다. 살아가면서 사람을 정성껏 대접하는 한 사람을 알고 있다는 것만으로도 내가 성공적인 인생을 산 사람 같았다.

"사람의 목소리가 이렇게 아름다운 줄 평생 모르고 살 뻔했습니다." 송년 음악회가 끝나고 신부님이 화이트홀을 나서면서 이렇게 말씀하셨을 때 나는 마음속으로 외쳤다. '신부님이 아니었다면 저도 사람을 아름답게 대접해야 한다는 걸 잊고 살 뻔했어요' 신부님은 아주 감동적인 음악회였다고, 내년에 다시 오시겠다며 총총히 떠나셨다.

나는 다짐했다. 사제관의 그 정성스러운 식탁처럼 더욱 사람을 귀하게 만드는 책을 만들어야겠다고….

차에 오르자 신부님은 팸플릿 한 권을
건네주셨다. 신부님이 지었다는 시가 있었다.
외로운 한 인간의, 사람을 사랑하고 싶어
못 견디는 한 사제의 마음이 고스란히 녹아있었다.
"저 빈 하늘가 어디쯤에 가서
나도 노래를 부르리라
저 빈 들녘 바람 뒤에 가서
나도 사랑을 꿈꾸리라"

토요일의 두 신부

토요일 오전, 대구로 특강을 가려고 집에서 가방을 챙겨 사무
실로 들어갔더니 김 신부님이 와계셨다. 신부님은 예쁜 꽃이 달
린 자그마한 종이상자 하나를 내놓으셨다.

"한 자매님이 차 없이 다니는 저를 보고 자동차 구입할 때 보
태라며 돈을 가져왔어요. 하지만 서는 걸어 다니면 되니까 차가
필요 없어요.

몇 달 전 무덤에서 먹고 자는 필리핀 아이들을 돌보는 수녀님
의 글을 〈가톨릭다이제스트〉에서 읽은 적이 있는데 그 수녀님
에게 돈이 필요할 것 같아서요. 저는 그 수녀님 연락처를 모르

니까 대신 좀 보내주세요."

상자를 열었다. 5만 원권이 가득 들어 있었다. 나는 깜짝 놀랐다. 이런 큰돈을 선뜻 건네다니…. 순간 가슴 밑바닥에서 감동이 퍼져왔다. 아, 세상에는 돈을 정말 가치 있는 데 선뜻 쓰는 사람이 있구나! 문득 나도 그렇게 돈을 쓸 수 있는 사람인가 부끄러운 생각이 들었다. 나보다 나이도 적은 김 신부님이 거인으로 보였고 나는 왠지 초라해지는 것 같았다.

나는 짐짓 되지도 않는 말을 꺼냈다. "신부님은 사업을 하셨으면 거부가 되셨을 것 같아요. 돈을 귀하게 쓰시니 돈이 신부님을 막 따라다니고 싶어 할 테니까요." 그러자 신부님이 한마디 하셨다. "돈 많이 모아서 뭣하게요." 그 말을 듣자 '그래, 진리를 향해 가는 분에게 돈이 그렇게 크게 보이겠는가' 하는 생각이 들었다.

나는 십여 년 전 신부님을 처음 만났을 때가 떠올랐다. 〈가톨릭다이제스트〉를 맡고 무얼 어떻게 해야 할지 몰라 쩔쩔매던 우리 부부를 한 번도 만난 적 없던 김 신부님이 불러주셨다.

그날 신부님은 플루트도 직접 연주하시고 맛있는 음식도 사주셨다.

2년 후 다시 만났을 때 신부님은 돼지저금통 하나를 꺼내놓으셨다. "형제님이 하시는 일을 생각하며 그동안 모았습니다. 교도소나 군부대로 책을 보내는 데 쓰시지요." 저금통은 백 원, 천 원, 만 원짜리로 꽉 차 있었다.

얼마 전 필리핀에 간 수녀님의 편지를 읽은 적이 있다. 무덤 위에서 살고 있는 가난한 아이들에게 음악을 가르치는 수녀님의 마음이 읽혀졌다.

나는 직원들과 얼마간의 돈을 모아 그 수녀님께 보냈다. 수녀님은 그 돈으로 피리를 사서 아이들을 가르친다는 편지를 보내왔다. 적은 돈으로 참 보람있는 일을 했다는 생각이 들었다.

누군가 아무리 많은 돈을 좋은 곳에 쓰려고 내놓아도 그 수녀님처럼 아름다운 일을 하는 사람이 없다면…. 잘 곳도 마땅치 않고 먹을 것도 부족한 곳에서 가난한 아이들과 함께하는 수녀님이 계시기에 조그만 정성도 보람으로 돌아오는구나 하는 생각이 들었다.

신부님이 떠난 후 나는 신부님께 메시지를 보냈다. '신부님은 매번 우리를 감동시키시네요. 필리핀 아이들과 고생하는 수녀님까지 챙기시는 섬세함과 넉넉함에 놀랐습니다'

초대형 교회에 다니는 친구가 이런 말을 한 적이 있었다. 한 사업가가 담임 목사께 외제차를 사라고 돈을 내놓았다. 전임 목사에게도 그런 일이 자주 있었지만 그분은 그럴 때마다 돈을 돌려주곤 했는데 이번 목사님은 거리낌 없이 받았다는 것이다.

그런 까닭인지 전임 목사님은 교인 모두가 존경해 교회가 평화로웠는데 이번 목사님은 교인들끼리 패가 갈려 한패는 목사를 몰아내려고 연판장을 돌리고 있고 한패는 그걸 막아내려고 교회가 맨날 쌈박질만 하고 있다는 것이었다.

돈에 대해 어떤 태도를 보이는가에 따라 진정한 목회자인지 아닌지 금방 알 수 있더라고 하던 친구의 말이 더욱 의미 있게 다가왔다.

김 신부님과 헤어지고 대구행 기차에 올랐다. 새벽까지 일한 탓인지 몸이 고단했다. 꾸벅꾸벅 졸다 보니 어느새 동대구역이 가까워지고 있었다. 성당에서 누군가 마중 나올 거라는 문자 메시지가 들어와 있었다. 전혀 기대하지 않은 일이라 고맙기도 했지만 주말이라 성당도 바쁠 텐데 미안한 마음이 들었다.

기차에서 내리면 만날 수 있겠지 했는데 동대구역 출구는 한두 군데가 아니었다. 두리번두리번 아무리 찾아도 마중 나온 분을 만날 수 없었다. 나오는 분 전화번호라도 알려줄 것이지 하며 투덜거리는데 아내가 뒷모습이 신부님 같은 분이 계시다며

뛰어갔다. '설마 토요일 오후에 바쁜 신부님이 역까지 나오셨을 라고?'

의아해하며 아내 뒤를 쫓아갔더니 자그마하신 분이 손에 울 긋불긋 사인펜과 색연필로 그린 '윤 학 변호사 환영'이라는 피켓을 들고 서 계셨다.

우리가 다른 출구로 나와 헤매고 다니는 동안 노신부님이 삼십 분도 넘게 거기 그렇게 서 계셨을 걸 생각하니 뭉클했다. 마치 이탈리아에 사는 어느 시골 신부님과 편지만 주고받다 만나기로 하고 찾아갔는데 생판 처음 보는 신부님이 역에 마중 나온 것처럼 그 번잡한 동대구역이 마치 영화 속 한 장면으로 바뀌는 것 같았다.

신부님께 다가가 인사를 드리는데 왜 그렇게 마음이 따뜻해지던지…. 베레모를 쓰고 만면에 웃음을 띤 채 구부정한 몸으로 손을 내미시는 신부님은 내 가슴 속 깊이 그려왔던, 늘 만나고 싶었던 바로 그런 '신부님'이었다.

일찍감치 역에 도착해 역사 한 귀퉁이에 차를 세워놓고, 미리 준비해두신 도화지에 싸인펜과 색연필로 내 이름을 쓰고 그림까지 그려 들고서 나를 기다렸을 신부님…. 한 번도 만난 적 없는 나를 마치 연인을 기다리듯 마중 나오신 신부님의 마음이 그대로 전해져왔다.

차에 오르자 신부님은 지난주 성당에서 '문학 낭송의 밤'을 열었다면서 팸플릿 한 권을 건네주셨다. 페이지를 넘겼더니 신부님이 지었다는 시가 있었다. 사제의 길을 가는 외로운 한 인간의, 사람을 사랑하고 싶어 못 견디는 한 사제의 마음이 고스란히 녹아있었다.

> 저 빈 하늘가 어디쯤에 가서
> 나도 노래를 부르리라
> 저 빈 들녘 바람 뒤에 가서
> 나도 사랑을 꿈꾸리라

나는 시를 소리 내어 읽었다. 사근사근 속삭이는 듯한 시 마디마디에서 내가 누군가의 사랑을 흠뻑 받고 있음을 온몸으로 느낄 수 있었다. 눈물이 흘러내렸다. 성당으로 가는 동안 신부님은 자신의 시로 만든 노래도 불러주셨다.

시내 중심가를 벗어난 곳에 고적하게 서 있는 그 성당에서 우리는 일요일 밤까지 신부님과 함께 시간을 보냈다. 낯선 도시에서 낯선 한 사람을 만났지만 내가 그동안 알아온 그 어떤 사람보다 더 많이 마음속 이야기를 주고받았던 날이었다.

세상에서 손꼽힐 정도로 아름다운 두 사람을 한꺼번에 만난 그날, 나는 잠자리에 들어서도 마치 천국에서 잠을 자는 것 같았다. 내일은 또 하느님이 만들어 놓은 어떤 아름다운 사람을 만나게 될런지….

미국대학에서 입학허가 소식을 보내왔다.
어릴 적 꿈이 이루어진 것 같아 기뻤지만
변호업무도, 가톨릭다이제스트도, 박사과정도
중단해야 하는 고민스런 결정이 기다리고 있었다.
그런데 나에게 언제부턴가 모든 결과를 하늘에
맡겨버리는 습관이 생겨났다. 유학문제도
그렇게 맡기기로 하고 비행기에 올랐다.

사랑의 입맞춤

마흔이 되고 보니 남의 소송만 해주다 정작 내가 하고 싶은 일은 하나도 하지 못한 것 같아 살아온 날들이 허망하기까지 했다. 변호업무에 쫓겨 그만두었던 박사과정에 다시 들어갔다.

변호업무 하랴, 수업받으랴, 가톨릭다이제스트 만들랴, 주말에는 잡지홍보 다니랴 바쁜 가운데 미국대학에서 입학허가 소식을 보내왔다.

어릴 적 꿈이 이루어진 것 같아 기뻤지만 유학을 가려 하니 생업인 변호업무도, 사회적 책무가 된 가톨릭다이제스트도, 박사과정도 중단해야 하는 고민스러운 결정이 기다리고 있었다.

인생의 황금기에 그런 소중한 일을 하나라도 게을리한다면 한 번뿐인 인생을 헛되게 만드는 것 같았다. 그런데 평소 사소한 일도 결과를 면밀히 계산해본 후 심사숙고해 행동에 옮겼던 나에게 언제부턴가 모든 결과를 하늘에 맡겨버리는 습관이 생겨났다.

유학문제도 그렇게 맡기기로 하고 비행기에 올랐다. 2주일간은 미국대학에서 공부를 하고 다시 서울로 돌아와 2주일간은 법정에 나가고 대학에 다니며 가톨릭다이제스트를 만들고 주말이면 홍보도 다녔다. 비행기에서 원고를 보고 과제물을 정리했다. 2주일마다 서울과 미국을 오가느라 몸은 몹시 고단했으나 의외로 가톨릭다이제스트는 무럭무럭 자라났고 학점은 A였고 변호사 수입도 좋았다.

그즈음 서울대교구로부터 방콕에서 열리는 아시아 주교회의에 참석하라는 연락을 받았다. 무려 열흘간의 회의라 몇 번이나 망설이다가 주어진 상황에 따르자는 생각으로 태국행 비행기에 몸을 실었다.

회의장소에 도착하니 새로운 세계에 온 듯했다. 바쁘고 바쁜 일상에서 벗어나 열대나무들이 우거진 곳에서 하늘과 호수와 구름을 마음껏 볼 수 있었다. 아침마다 들려오는 성가 소리, 기도 소리, 주교님들의 조용조용한 말씨들….

수없이 이어지는 회의에 참석하며 한국 가톨릭이 아시아에서 떠맡아야 할 책무와 가톨릭다이제스트를 통해 내가 어떤 역할을 해야 할지 생각해보게 되었다.

그때 한 주교님을 만났다. 나는 그분의 소탈함이 좋아 어느 날 밤 둘만 남아 이야기를 나눴다. 깊은 밤 벌레 소리만 들리고 있었다. 주교님은 호숫가 땅바닥에 털썩 주저앉아 살아온 이야기를 들려주셨다. 짧은 순간이지만 한 사람의 가슴을 만날 수 있었다.

한국에 돌아와 나는 그 주교님께 글을 청하는 편지를 썼다. 이병호 주교님은 글을 보내주셨고 나는 특강을 할 때면 그 글을 사람들에게 또박또박 읽어주었다.

그리고 십 년. 어느 날 아내가 누렇게 바랜 사진 두 장을 보여주었다. 네 명의 신학생이 무대에서 손을 모아 노래하고 대상으로 받은 트로피 앞에서 찍은 사진이었다.

아내가 화이트홀 음악회 '사랑의 입맞춤'에서 그분들의 말씀과 노래를 들으면 참 감동적일 것 같다며 한번 모셔보자고 했다. 그 네 신학생은 이병호 주교, 김창훈 신부, 박건순 신부, 임

홍지 신부였다. 교구도 다른 사제들을 한 무대에 서게 하는 것은 불가능해 보였다. 그러나 땅바닥에 철퍼덕 앉아 속마음을 나눌 수 있는 주교님이라면… 그리고 그 친구들이라면….

아내는 여러 번 거절을 당하면서도 그 감동의 자리를 포기하지 못하고 끈질기게 청했다. 놀랍게도 한 분 두 분 동의하시더니 마침내 주교님도 반승낙을 하셨다.

가치 있는 일이라면 아무리 불가능해 보일지라도 그냥 묵묵히 해나가면 이루어진다는 것을 나는 이렇게 배워가고 있다. 가톨릭다이제스트, 유학, 만남, 음악회가 내 계산대로 했더라면 가능했을까.

그 바쁜 시간을 보내면서도 열흘간의 긴 회의까지 참석한 그 신들린 것 같았던 2000년은 내가 다시 돌아갈 수 없는 추억의 날들이 되고 말았다. 그러나 무더운 한밤중 호숫가 땅바닥에 앉아 이야기를 나눴던 그 한 사람의 마음이 더욱 뚜렷해지는 이유는 무엇일까!

드디어 네 분이 모인다는 소식이 들려왔다. 우리는 손뼉을 쳤고 네 분의 첫 연습을 도우러 아내는 전주로 내려갔다. 노 사제들이 서로 화음을 맞추는 모습을 보고 온 딸이 말했다.

"아빠, 세상에 그렇게 멋있는 분들이 계신 줄 몰랐어." 그 말

을 듣고 나는 속으로 외쳤다. '바로 그 모습을 더 많은 사람들에게 보여주고 싶어!'

벌써부터 음악회가 기다려진다. 서품 사십 년 사제들의 삶이 녹아있을 그 노래는 온 세상을 더욱 평화롭게 하리라….

좋은 남자를 만났어요!

자정이 가까울 무렵 누군가 노크를 했다.
텅 빈 사무실인 줄 알았는데 누가 있다는 게
반가운 마음이 들었다. 문이 열리는 순간
한 여인이 미소를 띠고 서 있었다.
한밤중 그 큰 사무실에 다정하게 말을
걸어오는 여성과 단둘이 있다는 생각이
내 마음을 들뜨게 했다.

왜 망설이는 것일까

첫 출근을 하던 날, 고층빌딩 로펌으로 들어선 내게 중후한 인상의 사무국장은 시내가 한눈에 보이는 전망 좋은 방으로 나를 안내했다. 내 변호사 명패가 붙어있는 나만의 집무실이었다.

커다란 책상과 소파, 잘 정돈된 책꽂이가 나를 반기고 있었다. 멋진 아가씨가 들어오더니 나를 돕게 될 비서라고 자신을 소개했다.

정말 꿈같은 일이었다. 인터폰만 하면 언제든 여비서가 달려오고 근사한 도서실에 간식과 볼거리까지 마련되어 있고 뭔가

막히면 유능한 외국인 변호사나 화려한 경력의 선배 변호사들과 언제나 상의가 가능하고….

선배로부터 내 한 달 보수가 상장회사 사장의 월급과 맞먹는다는 이야기를 들었을 때 내 자부심은 하늘을 찌를 듯했다. 나는 그런 대우에 걸맞게 열심히 일했고, 맨 나중에 퇴근했다.

그날도 일에 몰두하고 있는데 자정이 가까울 무렵 누군가 노크를 했다. 텅 빈 사무실인 줄 알았는데 누가 있다는 게 반가운 마음이 들었다. 문이 열리는 순간 한 여인이 미소를 띠고 서 있었다. 한밤중 그 큰 사무실에 다정하게 말을 걸어오는 여성과 단둘이 있다는 생각이 내 마음을 들뜨게 했다.

나는 앞에 놓인 소파에 앉으라고 권했다. 보조개를 짓는 그녀가 상큼하다고 느끼고 있는데 소파에 앉은 그녀의 늘씬한 다리가 내 눈길을 끌었다. 참 아름다운 밤이라는 생각이 들었다. 그렇게 나는 그녀와 가끔 데이트까지 하는 사이가 되었다. 그녀는 미국에서 아이비리그를 졸업하고 우리 로펌에 와있었다.

나는 영화에서나 보았던 사무실에서 일하며 멋진 여인도 만나게 되어 피곤한 줄 모르고 일했다. 지루해지면 함께 근처에 있는 카페에도 가고 멋진 레스토랑에서 식사도 하면서….

그날도 그녀와 저녁을 먹었다. 시골에서 자란 내게 그 호텔 레스토랑은 호화롭고 깔끔했으며 그녀 또한 품위가 있어 내 자신마저 근사하게 느껴졌다. 그녀는 그 분위기에 너무나 어울려 보였다. 익숙하게 자신이 좋아하는 음식을 주문하고, 미소 띤 얼굴로 이야기를 건네오고…. 그런데 그날따라 그 멋스러움이, 그 익숙함이 뭔가 멀리만 느껴졌다.

대학 시절 한 친구가 미국유학 중인 여자친구를 학교에 데려와 데이트하는 걸 보며 '나도 저런 명랑하고 세련된 여자와 사귀어야지' 했는데 바로 그런 명랑함과 세련됨이 나를 어지럽게 하고 있었다.

식사를 하는 동안 아무리 살펴봐도 그녀가 나 한 사람만을 위한 노래는 불러줄 수 없을 것 같았고, 내가 그녀를 위해 애써 노래를 불러주어도 그것은 허공을 맴돌 것만 같았다.

그녀가 그 뭔가를 진취적으로 성취해나갈 것은 분명해 보였지만 내가 앓아누웠을 때 내 옆에 다소곳이 앉아있을 것 같지는 않았다. 아름다운 미모, 빛나는 영어 실력, 화려한 학력…, 그 모든 것을 갖춘 여성이 내 앞에 가까이 있는데 나는 왜 망설이는 것일까.

그날부터 나는 그 망설임이 무엇 때문인지 골똘히 생각해보기 시작했다. 차츰 안개가 걷히듯 내 안에 차오르는 것이 있었다. 내가 그때까지 찾았던 것은 사람들이 좋다고 떠드는 미모며 학벌이며 품위라는 이름으로 치장된 겉모습이었다.

나도 그 누구에게든 내 내면의 참모습은 보여주지 못하고 남에게 그럴듯하게 보일 학벌이며 경력의 탑을 노심초사 쌓고 있었던 것이다.

내가 첫 직장으로 그 로펌을 선택한 것도 내가 국제변호사라는, 아니 국제거래 전문변호사라는 그럴듯한 타이틀로 사람들의 입에 오르내릴 것이라는 예상 때문이 아니었던가.

나는 내가 정녕 무얼 바라는지도 모른 채 엉거주춤 살아온 것이다. 사람들이 좋다는 그 무엇만을 향해…. 그녀의 모습은 바로 내 모습이었다. 그렇다면 그 중요한 첫 직장을 그렇게 선택했듯 나는 평생의 동반자도 그렇게 결정해버릴 수도 있을 것이었다.

나는 내가 진정 만나야 하고 만나지 않고는 배겨낼 수 없는 그런 여성을 만나기로 마음먹었다. 아름다운 음악 소리에 발길을 멈추는 여인, 내가 되는 소리 안 되는 소리를 떠들어도 귀를 기울여 들어주는 여인, 세상 사람들 모두가 좋다는 것도 진실이 아니면 거들떠보지 않는 여인, 그런 여인을 만나야겠다고….

하지만 과연 그런 여인이 있을까? 설령 그런 여인이 있다손 치더라도 그것은 잠깐이고 세월이 가면 변해버릴 텐데 내가 괜한 집착을 하고 있는 것은 아닌가 혼란스럽기도 했다. 그러나 한번 깊어진 마음은 그 마음의 깊이로 다시 돌아가고야 마는 것이기에 나는 그 깊어진 마음에서 벗어날 수 없었다.

"문을 두드리라, 그러면 열릴 것이다." 다행히 주님은 내가 마음속 깊이 바라던 여인을 이 세상에 보내놓고 그녀와 내가 만나기를 기다리고 계셨다. 정말 신기한 일이지만 나는 그렇게 아내를 만났고, 음악도 함께 듣고 팔베개도 하고 무릎에도 누우며 오늘까지 살고 있다.

그런데 놀라운 것은 그때 나는 조금도 내 치장을 벗어던지지도 않았는데 주님은 내 소망을 들어주었다는 사실이다. 내가 겉치장에 밝지 않은 그런 여자와 만나야겠다는 마음만 먹었을 뿐인데…. 이렇게 내 젊은 시절, 결혼으로 가는 길은 주님과의 또 다른 만남이었다.

나는 재벌이나 외국 회사가 주 고객인 화려한 로펌에서 나와 보통사람들을 변론하는 평범한 변호사의 길을 걷기로 했다. 그리고 이제는 변호사의 길보다는 그저 한 인간으로서 책도 읽고 글도 쓰며 살아가고 있다.

몇 해 전 미국에 갔다가 미국 유명 일간신문에서 한국인 변호사가 쓴 칼럼을 읽게 되었다. 해박한 지식이 빛을 내고 있었지만 가슴에는 전혀 와 닿지 않았다. 다 읽은 후 필자의 이름을 봤더니 바로 그녀였다.

미국 유명 로펌의 변호사가 되어있는 그녀의 글을 나는 인터넷을 뒤져 이것저것 훑어봤다. 거의가 시사성 짙은 소재를 이론의 틀에 맞춰 쓴 화려해 보이는 글들이었다.

젊은 시절이 떠올랐다. 뭔가 안타까운 마음이 밀려왔다. 하지만 그녀는 지금 미국에서도 인정받는 유명변호사가 아닌가. 그녀가 자신의 길을 열심히 가고 있는데 나는 왜 그녀를 걱정하는 것일까?

두 개의 잡지를 만드느라 심신도 고단했다.
내 머리에는 적자만 보고 있는 돈의 숫자가
들어있던 어느 날, 시를 소리 내어 읽었다.
"이마 위에 이고 온
별빛을 풀어놓는다.
소매에 묻히고 온
달빛을 풀어놓는다."
내 가슴속에도 별빛과 달빛이 스며들기 시작했다.

그 집의 달빛 별빛

처음 처가를 방문하던 날, 식탁 너머 액자의 글귀가 눈에 들어왔다.

이마 위에 이고 온
별빛을 풀어놓는다.
소매에 묻히고 온
달빛을 풀어놓는다.

뜻은 어렴풋했지만 마음이 환하게 밝아졌다. 박재삼 시인이
자신의 시를 직접 붓으로 쓴 그 담백한 글자를 읽고 또 읽었다.
마음이 환해지며 처갓집이 별빛을 풀어놓고 달빛을 풀어놓은

집처럼 아늑해졌다. 처가에 갈 때마다 식탁에 앉아 그 시를 보고 있으면 처할머니도 장인 장모도 아내도 나도 별빛 속에서 달빛 속에서 식사를 하는 듯했다.

박재삼 시인이 가난하게 살면서도 꿈을 잃지 않고 세상을 떠났다는 이야기를 전해 들었을 때 그 시가 더욱 귀하게 여겨졌다. 그렇게 나는 별빛과 달빛을 담고 사는 집을 무시로 드나들었는데 처가가 강남으로 이사하면서는 그 맛을 볼 수 없게 되었다. 소박한 그 액자는 사라지고 아들딸 손자들의 눈부신 사진들이 즐비하게 걸려있다. 왠지 허전하고 쓸쓸하다.

이제 결혼한 지도 이십여 년이 흘렀다. 며칠 전 아침에 일어났는데 머리가 무겁고 가슴이 답답했다. 두 개의 잡지를 만드느라 심신도 고단했고 언제까지 막대한 금전적 손해를 감수해야 할지 암담했다. 의욕이 앞서 너무 욕심을 부렸다는 자책감도 밀려왔다.

이런저런 생각으로 침대에 꼼짝 않고 누워있는데 머리맡에 둔 시집이 눈에 들어왔다. 얼마 전 도서전시회에 갔다가 반가운 김에 사 들고 온 박재삼 시인의 시집이었다. 하릴없이 시집을 집어들어 여기저기 펼쳐보다가 처갓집 식탁 너머 액자의 그 시구가 들어왔다.

그 시를 다시 읽으니 신혼 초가 떠올랐다. 가진 것 없던 그 시절, 아내와 나는 빚을 얻어 전셋집에 살면서도 얼마나 행복했던가! 직장에서 돌아오면 아내는 종일 다듬고 끓였다는 콩나물 무침이며 무국을 조그만 상에 내왔다.

시골에서 자라 뭐든 듬뿍듬뿍 먹어대는 내가 젓가락으로 한 번 들어 올리면 없어져 버리는 콩나물 무침을, 한입에 훌훌 마셔버리는 무국을 아내는 나를 위해 앞치마를 두르고 서툰 솜씨로 요리책을 봐가며 몇 시간씩 만들었던 것이다.

그 시절 나는 아내의 그 순진무구한 사랑에 의지하여 세상을 헤쳐나갔다. 별빛 달빛을 풀어놓은 집안에서 자란 아내는 마음이 늘 밝았고, 나에게도 그 마음을 퍼뜨려 나는 세상에 부러운 것이 없는 사나이가 되어갔다.

마음이 튼튼해지자 세상이 보이기 시작했고 내가 받은 그 사랑을 세상 사람들과도 나눠 갖고 싶었다. 그런 마음으로 잡지를 만들었는데, 그것 때문에 스스로 괴로워하다니! 나는 시집을 집어 들고 다시 읽었다.

이마 위에 이고 온
별빛을 풀어놓는다.
소매에 묻히고 온
달빛을 풀어놓는다.

내 이마 위를 만져보았다. 내 소매도 만져보았다. 내 이마에는 내 소매에는 풀어놓을 별빛도 달빛도 없었다. 내 머리에는 적자만 보고 있는 돈의 숫자가, 내 가슴에는 뭔지 모를 근심만 들어있었다.

나는 다시 시를 읽었다. 내 이마 위에도 내 소매에도 별빛을 달빛을 풀어놓고 싶었다. 근심걱정에서 벗어나 그런 순일한 마음으로 살아가고 싶었다.
나는 다시 그 구절을 소리 내어 읽었다.

이마 위에 이고 온
별빛을 풀어놓는다.
소매에 묻히고 온
달빛을 풀어놓는다.

내 가슴속에도 별빛과 달빛이 스며들기 시작했다. 그러자 이런 생각이 드는 것이었다. 시인은 죽고 없어도 시는 살아있지 않는가. 그렇다면 내가 죽고 없어도 내가 쓴 한 줄의 글은 살아있지 않을까. 그리고 나처럼 내가 쓴 글을 소리 내어 읽으며 별빛과 달빛을 마음속에 담아내는 사람이 있지 않을까?
그 생각을 하니 시 한 줄보다 못한 것들에 잡혀 속을 태우고 있는 내가 한없이 한심하다는 생각이 들었다. 그래서 속으로 되뇌었다. '오늘 내가 저 시구처럼 멋진 글을 써낸다면 나는 지금 보고 있는 손해와는 비교할 수 없는 큰 이득을 얻는 거야!'

나는 자리에서 일어나 하늘을 보았다. 별빛 달빛은 이미 내 가슴속에 들어와 있었다.

신부님은 결혼사진을 인쇄해 성당 입구에
턱 붙여놓았다. 신혼 첫날 저녁 어스름, 성당에
도착한 신혼의 두 사람은 얼마나 행복했을까.
그러나 행복은 거기서 끝나지 않았다.
만나는 신자들마다 진심으로 축하해주는
그런 신혼은 그 어떤 재벌 자녀도 갖지 못할
축복일 것이다.

성당으로 신혼여행

어린 시절 외삼촌 댁에 가면 마당 한가운데에 감나무가 있었다. 가을이 되면 그 감나무에 감이 주렁주렁 달렸지만 나는 감나무 밑만 맴돌다 돌아오곤 했다.

어느 여름 도시에서 학교 다니던 사촌 형이 멋진 교복을 입고 나타났다. 외숙모는 닭을 잡는다, 떡을 만든다 하며 아들에게 온갖 관심을 쏟았지만 하얀 얼굴의 사촌 형은 그저 덤덤했다. 어찌나 말수가 적은지 사촌 형에게 말을 붙여볼 엄두도 나지 않았다.

공고를 나온 사촌 형은 도시에서 전파상을 차렸지만 사업이 잘될 리 없었다. 가족이 모일 때면 하얀 얼굴로 나타나 선한 미소만 지었다.

세월이 흘러 그 사촌 형 딸이 내 사무실에서 일하게 되었다. 사촌 형처럼 하얀 얼굴에 선한 미소를 가진 현정이는 그 어떤 관심을 표해도 사촌 형처럼 무덤덤했다. 저 얼굴, 저 미소에 아름다운 꿈도 있으면 좋으련만….

스물아홉, 서른…. 사무실에 처음 들어설 때 복숭아 같은 얼굴에 초롱초롱한 눈이었는데 마치 내가 그 젊음을 앗아가 버린 것만 같았다. 나이가 들수록 걱정하는 사람은 현정이가 아니라 나였다. 세상 그 무엇에도 무덤덤한 그 아이는 결혼까지도 무덤덤한 듯 보였다.

언젠가 은행 직원들과 등산을 갔다 온 현정이가 말했다. "그 사람들은 이상한 것에 자부심을 갖고 있어요. 우리 직원들이 참 착한 것 같아요." 사무실에는 바보 같은 직원들이 많다. 누가 부탁하면 즉각 나서면서도 누구에게 무얼 요구해야 할 일에는 더디기만 하다.

현정이도 계산이 느려 단순한 업무를 맡겨도 며칠씩 걸렸다. 그런데 다행인 것은 그런 자신의 모습을 부끄러워하고 뭔가를 가르쳐주면 눈을 반짝이며 들었다. 아주 간단한 것도 몰라 짜증

이 났지만 스펀지처럼 내 뜻을 그대로 받아들이려는 마음이 느껴질 때면 한없이 기쁘기도 했다. 현정이에게 열정이 생기기 시작했다. 마음을 다하는 것은 업무에도 도움되지만 주변 사람을 행복하게 한다는 걸 체득해갔다. 차츰 지혜까지 생겨 일을 매끄럽게 처리했다.

순수한 마음! 그것이 그 모든 것의 바탕이었다. 다가오는 마음의 소리를 그대로 듣고, 그것을 그대로 꽃피우려는 순수함이 그녀를 변화시킨 것이다. 이 순수한 영혼에게 아름다움을 찾아내고 나눠주는 일을 하도록 하자!

현정이에게 잡지 디자인에 도전해 보도록 했다. 미술은커녕 독서도 게을리해온 현정이가 책 디자인을 해낼 리 없었다. 그녀의 디자인을 볼 때면 나는 왜 이런 '똥색'이냐며 웃곤 했는데 현정이는 부끄러워하면서도 내 의견을 놓치지 않으려 했다.

나를 전적으로 신뢰하는 마음과 그동안 열심히 살아오지 못한 미안함이 늘 묻어있었다. '나는 누구를 저렇게 신뢰할 수 있을까' 오히려 내가 부끄럽기도 했다. 그 믿음을 알기에 나는 내가 그리고 싶은 걸 맘껏 말할 수 있었다.

내 뜻이 그대로 담긴 디자인이 나오기 시작했다. 한 인간의 내면에 잠겨있는 것을 다른 인간이 그려낸다는 것은 참 신기한 일이었다. 디자인 전문가들도 늘 쩔쩔매던 마음속 깊은 순수까지 표현해내다니!

늦은 밤까지 일을 해야 할 때도 여자 티를 내며 불편한 눈치를 주지 않았다. 업무가 많아 데이트할 시간이 없다거나, 집안이 넉넉하지 않아 결혼이 꺼려진다거나 그 또래 처녀들이 하는 그럴싸한 얘기도 하지 않았다. 서른하나, 둘, 셋…. 세월은 쏜살같았다. 내 힘으로도 어찌할 수 없는 것이 결혼이었다.

잡지편집을 마감하면 아내는 인쇄할 필름을 출력하러 다녔는데 출력소 직원들은 밤을 새워 일하는 탓인지 불친절했다. 그런데 한 직원만은 한밤중이건 새벽이건 누구에게나 친절해 그 마음 씀에 반한 아내의 제의로 우리 사무실에서 디자인 일을 하게 되었다.

그런데 단순작업만 해오던 녀석이라 그의 디자인도 '똥색' 수준이었다. 그래서 자주 잔소리를 했는데 녀석은 인상 한번 구기지 않고 묵묵히 일을 해주었다. 내 생애 그렇게 착한 녀석은 처음이었다. 이런저런 주문을 늘어놓아도 녀석은 늘 '뭐 더 시킬 일은 없으세요?' 하는 표정이었다. 현정이도, 그 녀석 원우도 '네 일' '내 일' 가리지 않고 해나가자 부쩍부쩍 실력이 늘어 디자인에 관한 한 한숨을 덜 수 있었다.

어느 날 한 주부 사원이 현정이에게 어떤 타입과 결혼하고 싶은지 묻자 유독 원우에게 호감을 보였다. 눈치 빠른 그녀는 원우에게 현정이가 어떠냐고 물었고, 그가 빙그레 웃자 '커피 한 잔 하자'는 문자를 보내라고 했다. 숫기 없는 그가 문자를 보내지 못하자 그녀가 옆에 지켜서서 문자를 보내도록 했다.

어느 일요일 드디어 원우와 현정이가 사무실 밖에서 만났다. 둘은 지난 늦가을 '화이트홀'에서 결혼식을 하고 신혼여행 겸 두 사람이 디자인한 잡지를 홍보하러 제주도로 갔다.

두 사람이 서귀포 성당에 도착하기 전 아내는 신부님에게 결혼식 사진을 이메일로 보냈다. 신부님은 결혼사진을 인쇄해 성당 입구에 턱 붙여놓았다. 신혼 첫날 저녁 어스름, 성당에 도착한 두 사람은 얼마나 행복했을까. 그러나 행복은 거기서 끝나지 않았다. 원우가 잡지 소개를 하고 나면 신자들은 두 사람이 평생 받아도 못 받을 박수를 보내주었다. 만나는 신자들마다 진심으로 축하해주는 그런 신혼은 그 어떤 재벌 자녀도 갖지 못할 축복일 것이다.

결혼식 때 원우는 스스로 축가를 불렀고 현정이는 시를 읽었다. 현정이가 읽은 시에 이런 구절이 있다. "우리는 마음부터 만났습니다." 원우는 재산도 학벌도 없다. 현정이에게도 세상이 알아줄 만한 것은 없다. 그러나 그들에게는 이 세상 무엇보다 귀한 순수한 마음, 누군가에게 도움이 되고 기쁨이 되려는 마음이 있다.

그 순수함이 두 사람에게 일에 대한 열정도 갖게 하고 사람에 대한 사랑까지 피어나게 한 것이다. 그런 신비를 만들어낸 그들의 순수한 마음이 앞으로 또 어떤 기적을 만들어낼지….

삼촌은 돌아가셨지만 삼촌 집에 그들 부부가 신혼 인사라도 가면 그들을 반겨주는 것은 그 감나무일 것이다. 백여 년은 살았음직한 그 감나무를 보고도 예전 같으면 그저 무심히 할아버지 댁에 큰 감나무가 있었구나 하고 지나쳤을 것이다. 이제는 그 감나무에 깃든 사연도 들어보고 감나무 밑을 맴돌던 아이들도 그려보며 그 넓은 마당에 맘껏 디자인도 해보는 열정과 순수로 살아갈 것이다.

선한 마음의 합창이 만들어낼 선율을 상상하는 것만으로도 인생은 아름답지 않은가.

유학 간 딸이 여름방학을 맞아 돌아온다는
소식을 듣던 날 밤 마음이 설레었다. 무언가 기억에
남을 선물을 해주어야지. 그런데 아무리 생각해도
딸을 정녕 기쁘게 해줄 것은 없었다. 어느 날 새벽
잠자리에서 일어난 나는 큰 소리로 아내를 깨웠다.
"여보, 해줄 게 생각났어!" 눈을 비비며 궁금해하는
아내에게 "결혼!" 하고 소리쳤다.

좋은 남자를 만났어요!

어느 가을날 유치원에 딸을 태워다주려고 아파트 앞에 정차
해 있었다. 그때, 우회전하던 외제차가 '쾅당!' 하고 내 차를 부
딪쳤다.

멋쟁이 부인이 차에서 내리더니 멈춰있던 내 차가 그녀의 달
리는 차를 들이받았다고 큰소리를 치며 수리비를 물어내라는
것이었다. 정말 어이가 없었다. 옆에 타고 있던 그녀의 아들이
차에서 내렸다. 훤칠하게 잘생긴 청년이었다. 젊은이라 말이 통
하겠다 싶었으나 그 청년은 막무가내로 어머니 편만 드는 것이
었다.

마침 손님을 기다리며 상황을 지켜보던 택시기사가 다가와 아주머니가 들이받은 거라며 큰 소리를 쳤다. 그래도 그녀는 남의 일에 왜 참견이냐며 끝까지 억지를 썼다.

결국 택시기사는 욕설을 퍼붓기 시작했고 그제야 그녀는 목소리를 누그러뜨렸다. 승객이 부르는 소리를 듣고 택시기사가 자리를 뜨자, 그녀는 자기가 끝까지 주장하면 누가 잘못했는지 가리기도 힘들지 않겠느냐며 슬그머니 각자 자기 차를 고치는 것으로 끝내자고 했다.

그때 딸이 내려왔고 나는 그녀와 더 이상 말도 하기 싫어 그 자리를 떴다. 뒷좌석에 딸을 태우고 운전하는 내내 마음이 아팠다. '내 딸이 커서 훤칠하게 잘생긴 저런 청년과 결혼이라도 한다면…' 그 멋쟁이 부인은 시어머니가 되고 그 청년은 남편이 되는 것이었다.

내가 아무리 내 딸을 잘 키운다 하더라도 순수한 청년을 만나지 못하면 딸의 인생은 어떻게 되겠는가. 또 내 인생은…. 잠자리에 누워도 잠이 오지 않았다.

그 얼마 전, 한 신부님이 〈가톨릭다이제스트〉를 맡아달라고 했지만 나는 망설이고 있었다. 이런 인터넷 시대에 누가 책을 읽을까. 매달 큰돈이 들어가 망할 수밖에 없다는 잡지사를 내가 과연 감당해낼 수 있을까. 그런데 며칠 후 새벽 성당에서 영성체를 하는데 그 청년이 떠올랐다. 하염없이 눈물이 쏟아졌다. '내 딸이 커서 내가 정성을 다해 만든 책을 어릴 때부터 읽은 청년을 만나게 된다면…'

집으로 돌아오는 길, 내 가슴에는 두려움이 걷히고 희망이 싹 터왔다. '좋은 책을 만들어야지!' 평생 딱딱한 지식만 쌓고 사는 친구들에게도 보내자. 돈을 많이 벌어야, 높은 자리에 앉아야 사람다운 삶이라고 믿는 사람들에게도 보내자. 순수하게 사는 삶이 얼마나 아름다운지 손에 잡힐 듯 그려서 보내주면 그들도 그 맑음을 가슴에 안고 살아가겠지.

마음속에 희망의 문이 활짝 열리자 잡지로 큰 손해를 본다는 말을 들어도, 변호사나 잘할 일이지 왜 그런 쓸데없는 일을 하냐며 손가락질을 해도, 책을 보지 않는 시대가 도래했다고 뭇 사람이 아무리 떠들어도 나는 두렵지 않았다.

책 만드느라 아이들과 놀아주지 못하고, 공부 도와줄 시간을 못 내더라도 그 어떤 걱정도 생기지 않았다. 잡지가 나오면 아이들에게 꼭 읽게 하고 소감을 말하도록 했다. 시험 기간 중에도 그런 시간을 갖는 걸 미루지 않았다. 해가 갈수록 아이들의 생각이 무럭무럭 자라가는 것을 보는 즐거움이란….

그렇게 17년이 흘러 유치원 다니던 딸이 대학 졸업반이 되었다. 유학 간 딸이 여름방학을 맞아 돌아온다는 소식을 듣던 날 밤 나는 가슴이 두근거렸다. 갓난아기였을 때부터 나는 늘 딸을 아기 띠로 가슴에 메고 다녔다. 눈 오는 겨울 산에 갈 때도 오리털 잠바 안에 품고 다녀서인지 내 가슴에는 딸의 따스한 숨결이 느껴지곤 했다.

잠자리에 누워 딸을 볼 생각만 해도 마음이 설레었다. 이번 방학에는 무언가 기억에 남을 선물을 해주어야지. 그런데 아무리 생각해도 내가 가진 돈으로도, 내가 가진 지식으로도 딸을 정녕 기쁘게 해줄 것은 없었다. 가장 사랑하는 딸에게 내가 줄 게 없다니…. 내가 뭔가 열심히 해왔던 것들이 참 허망하게 느껴졌다.

그러던 어느 날 새벽, 잠자리에서 일어난 나는 큰 소리로 아내를 깨웠다. "여보, 해줄 게 생각났어!" 눈을 비비며 궁금해하는 아내에게 나는 잠시 뜸을 들이다가 "결혼!" 하고 소리쳤다. 아내는 의아한 표정이었다.

나는 의기양양하게 말했다. "지금 딸에게 결혼만큼 중요한 게 어디 있겠어? 방학 때 딸에게 결혼관을 심어주자고!" 아내도 참 좋은 선물이라며 기뻐했다.

나는 결혼에 관한 책을 사러 큰 서점에 갔다. 그런데 이상하게도 연애하는 기술, 상대에게 매력 있게 보이는 법에 관한 책은 있어도 결혼이 진정 무엇인지를 알려주는 책은 없었다. 터덜터덜 집으로 돌아왔다. 겉포장은 화려해도 내용은 없는 시대에 살고 있다는 생각이 밀려왔다. 성경책을 집어 들었다. 놀랍게도 성경에는 딸에게 들려주고 싶은 결혼 이야기가 차곡차곡 들어 있었다.

나는 딸에게 들려줄 이야기를 정리하기 시작했다. 그러다 딸과 단둘이 앉아 이야기를 들려주면 재미없어할지도 모른다는 생각이 들었다. 그 중요한 이야기를 딸이 기왕이면 즐겁게 들었으면 싶었다. 그래, 젊은이들을 모아 함께 듣도록 하자! 나는 '결혼아카데미'를 열기로 했다.

첫 '결혼아카데미'가 열리던 날 80여 명의 젊은이들이 화이트홀에 모여들었다. 딸도 그들과 함께 즐거운 시간을 보내는 것 같았다. 프로그램이 끝난 후 딸은 이렇게 말했다.

"아빠, 그동안 결혼이 막연히 두려웠는데 이제는 어떤 사람을 만나야 할지, 어떻게 결혼해야 할지 확신이 생겼어요."

그렇게 미국으로 돌아간 딸이 석 달 후 전화를 했다. "대학 성당에서 아주 좋은 남자 친구를 만났어요. 만나면 대화가 너무 잘 통해요. 어릴 때부터 〈가톨릭다이제스트〉를 읽었대요."

미국의 시골 델라웨어에서 큰아버지가 10년도 넘게 〈가톨릭다이제스트〉를 정기구독해왔는데, 보시던 것을 가져다 읽었다는 것이었다. 딸의 목소리를 들으며 나는 17년 전 꿈이 떠올랐다. 뉴욕에 간 나는 그 청년을 만났다. 가난한 청년이었지만 꾸밈없는 순수함이 내 마음에 자리하게 되었다.

두 사람은 지난 7월 말 한여름의 무더위에 하객들의 축하를 받으며 결혼식을 올렸다. 딸이 유치원 다닐 때 막연히 소망했던 내 꿈도 이루어지는 순간이었다.

자동차사고, 그 새벽 미사, 가톨릭다이제스트, 미국 시골의 정기구독자, 결혼아카데미 그리고 딸의 결혼…. 그 모두가 우연인 듯 보이지만 나는 세상에는 결코 우연이란 없다는 생각을 더욱 깊이 하게 되었다. 그래서 나는 오늘도 〈가톨릭다이제스트〉에 더욱 정성을 들이고 '결혼아카데미'에도 힘을 쏟는다.

나도 기적을 만날까?

밤이 되면 아버지는 등잔불을 끄고 이야기를
들려주셨다. 우리들은 이불을 덮고 옛날로 돌아갔다.
수업시간마다 이야기를 들려주던 선생님이 계셨다.
30여 년이 지난 지금도 생생한 '이녹 아든'의 사랑
이야기…. 나는 어른들의 맑은 영혼을 통해 내가
어른이 된다는 것이 순수함을 잃어버리는 속물이
되는 슬픈 일만은 아니라는 걸 본 듯했다.

아버지와 달빛 받으며

　밤이 되면 아버지는 등잔불을 끄고 이야기를 들려주셨다. 우
리들은 이불을 덮고 옛날로 돌아갔다. 나무꾼과 선녀, 황희 정
승, 바보 온달 이야기…. 배가 출출할 때쯤이면 고구마나 무를
깎아주시고, 오줌이 마렵다고 하면 더듬더듬 요강을 찾아주시
던 아버지에게 이야기를 더 해달라고 조르면 허허 웃으셨다.

　그러나 마을로 출장 가시면 가방 가득 돈을 벌어오실 만큼 풍
족했던 해남의 염전경기가 서서히 내려가면서 집안엔 이야기도
줄어들었다.

　풀 먹인 이부자리를 깔아주시던 어머니의 손길도 무디어갈

무렵, 아버지는 나만 데리고 강진으로 옮겨 한약방을 열었다. 아버지는 여섯 살의 나를 무릎에 앉히고 천자문을 가르쳤는데 나는 아버지와 함께하는 것은 무엇이나 재미있었다. 먼 마을로 출장 갈 때면 아버지는 나를 데려가셨고 두메산골의 밤길을 걸어 집으로 돌아올 때면 꼭 이야기를 들려주셨다.

어릴 적 공부 잘하고 말 잘 듣는다고 칭찬해주셨다는 일본인 교장 선생님 이야기, 할아버지가 월사금을 주지 않아 소학교 때 학교를 그만두었다는 이야기, 돈을 벌러 김제평야에 일꾼으로 갔던 이야기, 소학교도 못 마쳤지만 독학으로 한약업사 자격을 딴 이야기….

달이 휘영청 밝은 날은 추억에 잠기시는지 걸음도 느려졌고 나도 조용조용 길을 걸었다. 밤하늘에 별만 총총하고 산바람에 나무들 부딪치는 소리만 들리던 그 고요한 산골길. 지금도 들려오는 아버지의 그 다정한 목소리….

그러다 우리 가족은 섬으로 들어가 살게 되었다. 마을 뒷산에 오르면 떠밀어버리기라도 할 듯 거센 바람이 불어댔고 바다는 어김없이 음악을 들려주었다. 바람과 파도와 나무들이 만들어 내는 그 거대한 합창….

눈을 감고 바람을 만지면서 바다와 하늘이 만들어내는 숨결을 느끼노라면 내 가슴속에서도 음악이 터져 나왔다. 그 마음속 음악은 신비하고 장엄했다.

고등학교를 다니기 위해 대도시에 나온 나는 외톨이였다. 아버지도 바람도 바다도 없는 그 도시에서 내가 할 일은 자취방에 앉아 공부하는 것밖에 없었다.

거리를 배회하며 외로움을 달래던 1학년 시절, 수업시간마다 이야기를 들려주던 선생님이 계셨다. 30여 년이 지난 지금도 생생한 '이녹 아든'의 사랑 이야기…. 성우처럼, 배우처럼, 주인 공처럼 그 슬프디슬픈 사연을 조금씩 조금씩 실감 나게 들려주시던 이기순 선생님….

나는 그 시간을 애타게 기다렸고, 그 순간이 오래오래 멈춰주기를 바랐다. 나는 선생님의 맑은 영혼을 통해 그 봄날을 그래도 외롭지 않게 비껴갈 수 있었다. 그리고 어른들도 가슴속 깊이 사랑을 간직하고 산다는 것도 느끼게 되었다. 내가 어른이 된다는 것이 순수함을 잃어버리는 속물이 되는 슬픈 일만은 아니라는 걸 나는 그 선생님을 통하여 본 듯했다.

그렇지만 어른이 되어가면서 나는 점점 내 안의 소중한 것들을 잃어갔다. 박사도 되고 장관도 되고 큰 집도 갖고 큰 차도 타고 싶어 나는 늘 바빴다.

내 아이들에게 이야기를 들려줄 시간도, 다정히 손잡고 거리를 나설 여유도 내겐 없었다. 박사도 되고 큰 집도 갖고 큰 차도 타게 된 나는 늘 아이들에게 큰소리를 쳤다. "내가 서울에 왔을 때는 방 한 칸도 없어서 독서실 바닥에서 잤다. 그런데 너희는 각자 방도 있고, 읽고 싶은 책 맘껏 살 수 있고, 맘껏 공부도 할 수 있다. 아빠가 열심히 살았기 때문이야~"

그런데 아이들의 얼굴에는 늘 뭔가가 부족해 보였다. 변호사요 박사인 아버지는 남을 변호한다, 글을 쓴다 하며 밤늦게 들어오고 엄마도 잡지 만든다고 늘 시간에 쫓겼다. 아이들은 커갔고 나도 나이 들어갔다.

가끔 아들 녀석과 이야기해보면 학교에서든 집에서든 대화할 사람이 없어 외롭다고 털어놓는다. 친구들은 학교가 끝나면 학원에 가기 바쁘고, 집에 오면 집에는 아무도 없고. 그래서 그런지 아들의 얼굴은 늘 허전해 보인다. 딸의 얼굴에도 그런 흔적이 가끔 스쳐 간다.

나는 아이들에게 기껏해야 "남에게 도움이 되는 사람이 되라."는 부담스러운 이야기만 했다. 내 아버지처럼 밤길을 걸으며, 나란히 누워 달빛을 느끼며 가슴으로 다가간 것이 아니라 이성의 빛만 쪼여주었을 뿐이다.

어느 날 고등학교에 다니던 딸이 생글생글 나를 맞아주었다. 그리고 국어 선생님이 해주셨다는 이야기를 들려주었다. 어느 수필가의 이야기며, 즐겨 읽었던 책 이야기며…. 그 선생님의 흉내까지 내며 신이 난 딸의 이야기를 들으며 나는 아버지와 내 고등학교 국어 선생님이 생각났다. 그리고 내 딸에게도 그런 선생님이 계시다는 것이 흐뭇했고 다행스러웠다.

나는 왜 내 아이들에게 내 아버지 같은 사람이 되지 못했을 까? 이제 대학생으로 고등학생으로 커버린 아이들에게 나는 어떤 아버지로 다가가야 할까….

소학교도 못 나온 내 아버지가 박사요 변호사인 나보다 훨씬 더 아버지다운 아버지였다는 것을 깨닫는 요즘 나는 앞날의 내 인생길을 다시 생각해보고 있다. 그리고 내 아이들에게도 세상 사람들에게도 바다가 들려주던 그런 음악과 아버지와 선생님이 들려주신 그런 이야기를 들려주며 살고 싶다.

결혼을 앞두고 아내에게 "연탄 때는 13평 아파트
전세부터 시작하자." 그런데 반기는 기색이 아니었다.
어느 날 주례를 서주셨던 서정주 선생님 댁에 가게
되었다. 아내가 낡은 만년필로 카드에 또박또박 정성껏
쓰는 인사말…. 나는 그 글 몇 줄에 기가 죽고 말았다.
아내는 아파트 크기가 아니라 어떻게 사느냐가
문제였다. 어린 시절을 비교해본다. 수학책을 풀거나
영어책을 읽는 나, 그리고 동요를 부르는 아내….

시인에게 건넨 글 몇 줄

    결혼을 앞두고 아내에게 말했다. "연탄 때는 13평 아파트 전세부터 시작하자." 그런데 아내의 얼굴은 반기는 기색이 아니었다. 얼마 후 아내가 아파트를 보러 가자고 했다. 신도시에 처음 들어선 20평의 반듯한 새 아파트였다. 자취방을 전전하던 내가 늘 살아보고 싶었던 그런 아파트였다.

    나는 순간 갈등이 일었다. 아내와 연탄아파트의 소박한 삶부터 시작하고 싶은 내 소망을 버려야 할 것인가. 편한 집을 놔두고 굳이 연탄아파트를 고집해야 할 것인가. 엉거주춤 갈등을 하는 사이 장인이 전세계약금 200만 원을 걸었다. 뭔가 허를 찔린 것 같았지만 나는 딸을 아끼는 장인의 마음도 헤아리기로 했다. 아버지에게 500만 원을 꾸고 은행에서 1,000만 원을 대출받아 그 집을 얻었다.

책상이 놓이고 침대가 놓이고…, 아기자기한 신혼 생활이 시작되었다. 그래도 가끔 연탄아파트의 꿈이 떠오를 때면 아내나 장인이 야속했다.

결혼 후 변호사 개업을 했는데 돈이 잘 벌렸다. 재벌그룹 사건도 맡고, 국책회사 고문도 맡고, 굵직한 세무소송도 여러 건 승소하면서 나는 더 넓은 집으로 이사하고 싶었다. 그런데 아내가 굳이 넓은 집이 필요하냐며 반대를 했다.

아내는 생활이 펴나가도 대학 시절 입었던 옷을 그대로 입었고 아이들 옷도 친척들에게서 얻어다 입혔다. 가구 역시 친척들이 쓰던 것을 가져왔고 중학교 때부터 썼다는 닳아진 만년필을 썼다.

어느 날 주례를 서주셨던 서정주 선생님 댁에 인사를 가게 되었다. 아내는 간소하면서도 시인인 그분께 더없이 잘 어울리는 선물을 준비했다. 그리고 그 낡은 만년필로 카드에 글을 쓰는 것이었다. 또박또박한 필체로 정성껏 쓰는 인사말…. 나는 그

글 몇 줄에 기가 죽고 말았다.

'아, 아내는 당대의 시인의 마음도 두드릴 수 있는 순수함을 갖고 있는데 나는 오히려 어떠어떠한 아파트에서 살아봐야 한다는 물질적 사고에 갇혀있었구나!'

'서민의 삶을 살아보지 않고는 서민을 이해할 수 없다'는 글을 수없이 읽었던 나는 서민적인 삶부터 시작하는 것이 옳은 삶의 태도라고 생각했다. 그런 내 생각은 '연탄 때는 아파트에서의 신혼'으로 구체화되어 나는 내가 얼마나 자랑스러웠는지 모른다.

그런데 아내를 지켜보면서 진정한 서민적인 삶이 무엇인지, '빈'과 '부'라는 물질적 사고에 갇혀 그것으로 옳고 그름을 판단해버리는 것이 얼마나 편협하고 위험한 것인지 생생하게 드러나기 시작했다. 아내는 연탄 때는 아파트는 선택하지 않았지만 그 누구보다 서민적인 삶을 살 줄 알았던 것이다. 아내는 아파트 크기가 아니라 어떻게 사느냐가 문제였다.

나는 주례선생께 좀 값나가는 것을 사가야 하지 않을까 생각했지만 아내는 그분이 정말 좋아할 것을 고르는 마음을 갖고 있었다.

나는 정치를 하거나 사업을 하여 사람들에게 도움이 되는 삶을 살아보고 싶었지만 아내는 늘 반대했다. 불만이 부글부글 끓었다. 정치를 하여 서민들의 삶도 향상시켜보고 돈을 벌어 사람들에게 도움도 주는 것이 왜 싫다는 말인가? 그런 아내가 신부님으로부터 잡지를 만들라는 권유를 받았을 때는 눈을 반짝이더니 모두가 말리는 그 형편없는 잡지사를 맡자는 거였다. 그것은 뻔한 고생길이었고 빛도 안 나는 일이었다.

당시 내 변호사 사무실은 정각 6시면 냉방도 난방도 정확하게 꺼졌다. 초여름만 되어도 푹푹 찌는 그 사무실에서 아내는 밤이 새도록 잡지를 만들었다. 벌겋게 얼굴이 달아오른 채 원고에 집중하는 아내의 맑은 눈….

아내는 평소 동요나 가곡을 잘 흥얼댄다. 어릴 때 장인이 날마다 음악을 들려주었다며 이처럼 큰 선물을 받은 사람은 많지 않을 거라고 고마워한다. 아내의 여린 노랫소리는 내게 그 어떤 성악가의 노래보다 감동적이다. 어릴 때 가슴으로 듣고 부른 노래여서일 것이다. 나와 아내의 어린 시절을 비교해본다. 수학책을 풀거나 영어책을 읽는 나, 그리고 동요를 부르는 아내….

아내는 화이트홀을 열었을 때 무엇보다 기뻐했다. 아내가 부른 동요가, 아내가 들은 가곡이 그곳을 통해 사람들의 마음에도 흘러들 것이다. 쬐끄만 소녀가 발음도 제대로 못 하면서 불렀을 그 노래가 더 많은 사람들에게 들려지기를 소망해본다.

어린 시절 백사장에서 게가 기어 나올 때까지
잠잠히 서서 아버지와 들었던 파도 소리도,
햇볕 길게 드는 마루에 앉아 숙제를 풀고 있는
나를 흐뭇하게 바라보던 아버지의 얼굴에 비친
그 고운 햇살의 기억도 나는 내 아들에게 안겨준
적이 없었다. 세월을 되돌릴 수는 없는 것일까.

아들과의 여행

아버지는 마을 어른들과 함께 칠팔도로 놀러 간다며 배에 올
라탔다. 바위산이 일곱 개로도 보였다가 여덟 개로 보이기도 하
는 그 섬에 언젠가 가보리라 마음먹어왔던 나도 어른들 틈에 끼
어 배에 올랐다.

통통배가 시동을 걸자 나는 가슴이 뛰기 시작했다. 섬에 도착
하면 아버지와 손을 잡고 등대로 오르는 산길을 걸어가야지. 먼
바다에서 불어오는 바람을 맞으며 망망대해 한가운데 우뚝 솟
은 등대 망루에서 너른 바다를 맘껏 볼 수 있으리라. 끝없이 펼
쳐지는 바다에서 보석처럼 반짝거리는 태양의 강렬함도 맛볼

것이다. 그리고 그 모두를 만끽하는 순간마다 내 곁에는 아버지가 있을 것이었다. 이제 선착장에 묶어둔 밧줄만 풀리면 바다제비도 슴새도 칼새도 산다는 그 동화 같은 섬으로 떠날 것이다.

그런데 바로 그 순간, 선장이 사람 수를 세기 시작했다. 나를 보더니 등대까지 오르는 절벽이 너무 가파르다며 배에서 내리라고 했다.

나는 울음보를 터뜨리며 막무가내로 저항해보았다. 그러나 선장은 그 큰 손으로 나를 번쩍 들어 올려 선착장으로 끌고 갔다. 아무도 내 편을 들어주지 않았다. 나는 애원하듯 아버지를 쳐다보았지만 아버지도 내 눈길을 피하는 것이었다. 나를 선착장에 두고 배는 떠나가기 시작했다.

나는 바다가 울릴 만큼 큰 소리로 울어대다가 터벅터벅 집에 돌아와 또다시 울었다. 아버지에 대한 섭섭한 마음에 분이 풀리지 않았다. 돌아오기만 해봐라….

그렇게 한참 울분을 터뜨리다가 어느 순간 아버지에게는 선장을 말릴 힘이 없다는 생각이 들었다. 남의 집에 세 들어 살고 있는 형편에 아버지의 뱃삯만도 부담이었을 것이다. 나를 데려가고 싶어 배에 태웠지만 내 요금도 내지 못한 아버지가 무슨 항의를 할 수 있었겠는가.

선장은 가파른 절벽 핑계를 댔지만 뱃삯 한 푼 내지 못한 내가 탐탁지 않았을 것이다. 이런저런 생각이 울음을 그치게 했다. 저녁 무렵 아버지가 겸연쩍게 집에 들어섰을 때 나는 그 어떤 원망도 늘어놓을 수 없었다.

나는 어른이 되면 내 아들과 함께 칠팔도도 가고 지도에서나 보았던 유럽이나 아메리카 대륙, 아니 세계 일주도 해보리라 마음먹었다. 그렇게 나도 아버지가 되었다. 그런데 아들은 나에게 여행을 가자고 조른 적이 없다. 산에 가자고 하면 집에서 음악을 듣고 싶어 하고, 외국여행 이야기를 꺼내도 반가운 기색이 없다. 어린 시절 내가 그토록 바라던 아버지와의 여행이 아들에게는 왜 그렇게 시큰둥한 것일까.

생각해보니 아버지는 내가 아주 어릴 적부터 동네 마실을 나갈 때도 나를 데리고 다녔다. 집에 손님이라도 오면 아버지는 내가 공부 잘하고 책 많이 읽고 정직하다며 입이 마르도록 칭찬했다.

식사할 때는 아버지 바로 앞에 앉도록 했고, 내 국그릇을 들여다보고 아버지 국그릇의 생선을 건져 주었다. 시험이라도 닥쳐오면 연필을 깎아준다, 물을 떠다 준다, 책을 찾아준다 살뜰하게 챙겨주었다. 내가 백 점을 맞거나 상을 받아오면 누구보다 기뻐해 주었고, 행여 시험에 실수라도 하여 내가 마음을 졸이면 아버지도 똑같이 마음을 졸였다.

신문이 오면 둘로 나눠 절반은 아버지가 읽고 나머지 절반은 나에게 주었고, 다 읽은 후에는 서로 바꿔봤다. 도시에 나가면 차 시간을 놓쳐 하룻밤을 더 자게 되더라도 내가 부탁한 책은 꼭 사 왔다.

그런데 나는 아침 식사도 아들이 학교 간 후에 느지막이 먹었고, 아들 시험이 코앞으로 다가와도 내가 듣고 싶은 음악을 크게 틀어놓았다. 변호사 일 하느라, 잡지 일 하느라, 한때는 박사 논문을 쓰느라 나는 늘 내 문제 해결하기도 힘겨워 아들에게 관심을 둘 시간이 없었다. 그러는 사이 아들은 대학 입학을 앞두고 있다.

나는 분명 아버지보다 더 많이 배우고, 더 많이 가졌고, 더 많은 책을 읽었으며, 신앙까지 갖고 있음에도 아들과 관계를 맺는 데는 내 아버지보다 훨씬 뒤떨어진 것이다.

내가 칠팔도에 가고 싶었던 것은 밤마다 반짝이는 등대가 궁금하기도 했지만 아버지를 따라가고 싶은 마음 때문이었던 것 같다. 아버지는 내 친구였고 나의 온전한 지지자였기에 아버지만 곁에 있으면 나는 늘 안심이 되었다. 그러나 나는 내 아버지와 달리 아들이 더 나은 삶을 살 수 있도록 마음 중심을 잡아주고 나의 지식과 경험을 들려주는 것으로 내가 괜찮은 아버지라고 자부하며 살았다.

이제 와보니 나는 내 아들에게 엄격한 선생 노릇은 했을지 몰라도 친구가 되지 못했고 마음을 어루만져줄 수 있는 부모 노릇은 못한 것이다.

내 아들이 어릴 적, 가족여행 중에 아들이 자동차 키를 갖고 놀다가 차 안에 두고 문을 닫아버린 적이 있다. 나는 "그런 얼빠진 짓을 하느냐."고 심하게 화를 냈다. 그리고는 아들의 마음을 풀어주지도 않았다.

내 아버지는 내가 아무리 큰 실수를 해도 혀만 쯧쯧 차며 안타까워할 뿐 내 마음을 다치게 하지는 않았었는데…. 이제는 다 커버린 아들에게 내 아버지가 어릴 적 내게 했던 것 같은 아버지 노릇은 하고 싶어도 할 수가 없다.

어린 시절 백사장 모래무지에서 게가 기어 나올 때까지 발길을 멈추고 잠잠히 서서 아버지와 들었던 파도 소리도, 도란도란 이야기하며 걷던 숲길에서 아버지와 맞았던 살랑살랑 바람결도, 어느 봄날 햇볕 길게 드는 마루에서 숙제를 풀고 있는 내 곁에 앉아 흐뭇하게 바라보던 아버지의 얼굴에 비친 그 고운 햇살의 기억도 나는 내 아들에게 안겨준 적이 없었다.

세월을 되돌릴 수는 없는 것일까. 문득 더 늦기 전에 아들과 함께 여행을 해보고 싶다는 생각이 들었다. 매달 마감해야 하는 잡지 일로, 음악회와 아카데미 준비로 시간을 내기가 쉽지 않지만 나는 아들을 위해, 아니 나를 위해 아들과 둘만의 여행을 하기로 했다.

나는 아들의 눈치를 살피며 조심스럽게 여행을 제안했다. 행여 "친구들과 가지 왜 아빠랑 가느냐."고 반문하지나 않을까 두렵기도 했다. 여행 가면 고생이나 한다며 호기심까지 없어져 버린 애늙은이가 되어 있는 것은 아닐까 걱정도 되었다. 그러나 아들은 귀를 기울였고 우리는 한 달간의 여행계획을 세웠다.

드디어 나는 아들과 단둘이서 내 생애 최고로 긴 여행길에 오르게 된 것이다. 비행기 안에서, 기차 안에서 나는 내 아들과 어떤 이야기를 나누며 새로운 아버지로 새로운 아들을 만나게 될 것인지 벌써 가슴이 두근거린다.

숙소를 겨우 찾아 들어갔다. 30킬로도 넘게
걸어와 곧 쓰러질듯한 우리를 주인 아들이
편안하게 해준다. 몸을 씻고 식당으로 내려갔다.
부인이 생선 수프와 삶은 암송아지 고기를
내왔다. 푸짐하고 맛이 있다. 누가 요리하느냐고
묻자 남편이 만든다며 자랑스럽게 대답하는
그녀의 표정에서 행복이 묻어나온다.

나도 기적을 만날까?

산티아고 가는 길, 그 길을 걷는 사람은 한 번쯤 기적을 만난
다고 했다. 나도 기적을 만날까? 그런데 기적은 출발도 하기 전
에 일어났다. 세계적인 명화가 제일 많다는 프라도미술관, 미
로미술관, 피카소미술관보다, 고색창연한 중세도시 톨레도보다
함께 가기로 한 둘째 딸이 그 길을 더 걷고 싶어 했기 때문이다.
그 고생길을 왜 더 좋아하는 것일까.

산티아고 순례길로 가는 기차를 탔다. 한 여인이 맞은편 자리
에 앉는다. 외투와 목도리를 거는 몸짓, 미소 띤 표정 하나하나

가 참 우아하다. 나는 말을 건넸다. 일흔네 살이라는 그녀는 지갑에서 손자 손녀들의 사진을 꺼내 한 명 한 명 보여주는데 열 명도 넘는다.

손녀가 첫 영성체를 한다며 기뻐하는 그녀. 스페인 TV 방송국에서 아나운서를 했고, 몇 년 전까지만 해도 톨레도 축제를 주관했다고 한다. 내가 다음에는 아내와 함께 이 길을 걷겠다고 하자 그때는 꼭 자기 집에 들르라며 스스럼없이 주소와 전화번호를 적어준다. 선한 사람의 아름다운 미소, 대가를 바라지 않는 친절. 이런 만남이 기적 아닐까.

순례길을 걷는 첫날, 겨울이라 사람들이 거의 없어 대피소인 알베르게마저도 모두 문을 닫았다. 다행히 공립 알베르게 하나가 열려있다고 해서 찾아가는데 황소만 한 개들이 컹컹 짖어대며 딸 곁으로 다가올 때는 간이 콩알만 해진다.

그곳에 도착해 아무리 문을 두드려도 사람이 없다. 전화를 했더니 그냥 문을 밀고 들어가란다. 텅 빈 집에서 딸과 둘이 추위에 떨며 아무것도 못 먹고 잠을 자게 되었다. 꼭 거지 신세다.

다음 날, 소나기가 내렸다 햇빛이 비췄다 하는 길을 딸과 함께 걷는다. 숲 속으로 들어선다. 아무도 없다. 바위와 풀, 그리고 작은 길. 로마 시대에도 무수한 사람들이 이 길을 걸어 다녔을 것이다. 전쟁터로 싸우러 가는 사람도 있었겠지만 친구나 가족을 만나러, 아픈 병자를 도우러 이 길을 걸었을 사람들…. 그런데 나는 왜 이 길을 걷는가. 산 중턱에서 우리가 올라온 산길과 마을을 배경으로 딸의 예쁜 모습을 카메라에 담는다.

어느새 어둠이 몰려왔다. 불빛은 보이는데 걷고 걸어도 마을이 나오지 않는다. 가로등도 없는 산길을 내려오는 동안 커다란 나무들조차 무섭게 느껴진다. 딸도 어둠이 무서운지 내 옆으로 바짝 다가온다.

어린 시절 아버지와 밤길을 걸은 적이 많았다. 왕진 가방을 들고 산골 환자들을 진맥하고 침을 놓고 나면 그 가족들은 정성껏 저녁상을 차려 내오곤 했다. 한사코 붙잡는 바람에 식사를 하고 밤늦게 길을 나서면 휘영청 밝은 달이 우리를 비춰주기도 했지만 칠흑 같은 어둠 속을 걷기도 했다.

그럴 때면 나는 아버지에게 바짝 붙어 무서움을 덜곤 했고 아버지는 어린 시절 이야기, 못 이룬 꿈 이야기를 들려주셨다. 어둠 속에서 나도 딸에게 나의 어린 시절과 꿈을 들려주었다. 우리는 이야기 속으로 빠져들었다. 무서움은 사라지고 딸과 나만이 이 세상에 있는 듯하다.

드디어 마을이다. 오늘 밤은 좀 따뜻하게 지내고 허기진 배도 채울 수 있었으면…. 숙소를 겨우 찾아 들어갔다. 30킬로도 넘게 걸어와 곧 쓰러질듯한 우리를 주인 아들이 편안하게 해준다.

몸을 씻고 식당으로 내려갔다. 부인이 생선수프와 삶은 암송아지 고기를 내왔다. 푸짐하고 맛이 있다. 젊은 시절 도회지를 방황하다 고향집에 내려가면 어머니가 끓여주던 그 맛이다.

"누가 요리하느냐."고 묻자 남편이 만든다며 자랑스럽게 대답하는 그녀의 표정에서 행복이 묻어나온다. 음식 맛에서도 주인의 마음이 보이는듯하다.

와인을 한 잔만 시켰는데 병째 가져다주며 마음껏 마시라고 한다. 꽤 비쌀 줄 알았는데 둘이서 실컷 먹고도 2만 원이다. 이렇게 정성 들인 음식을 이 값에 먹다니….

방으로 돌아와 침대에 누웠더니 창문에는 바람도, 소음도 막아주는 깜찍한 따빠렐라가 내려져 있다. 호텔에 들면 침대 정면에 큼지막이 놓여있는 텔레비전도 보이지 않는다. 한쪽 구석에 있는 듯 없는 듯 아주 작은 TV가 있을 뿐. 화려하진 않아도 투숙객이 조용하게 쉴 수 있도록 하나하나 배려해두어 더욱 마음이 푸근해진다. '아, 오늘은 이 세상 최고급 호텔에서 자는구나!'

아침에 내려가자 숙소 주인이 호박으로 만든 갓 구운 큰 파이를 들고 나왔다. 그의 표정이 부인과 너무나 닮아있다. 내가 사진을 찍자고 하자 그는 마치 형제처럼 내 어깨를 감싼다.

발이 붓고 어깨도 아프지만 그들에게 힘을 얻어 다시 산티아고로 향한다. 발에 물집이 터진 데다가 계속 비가 내려 흠뻑 젖은 배낭이 어깨를 천근만근으로 짓누르는데도 첨벙첨벙 물구덩이 길을 걸어야 했다.

우박까지 쏟아져 젖은 옷에서 파고드는 한기가 심장을 얼어붙게 한다. 이러다가 심장마비라도 걸리는 것 아닐까. 너무 힘들어 곧 쓰러질 것만 같다. 조금이라도 지체하면 한밤중에 산길을 걸어야 하고 알베르게도 문을 닫을 텐데 다리가 마비된 듯한 발짝도 떼기가 힘들다. 추위에 떨고 있는 딸도 걱정스럽다.

그때 "걷기가 즐겁다."는 한 신부님이 떠올랐다. 항상 좋은 것이 있으면 권해주시는 이재웅 신부가 2년 전 제대로 걷는 법을 가르쳐준 적이 있다. 습관화된 내 걸음걸이를 버리고 배운 대로 걸어보았다. 이게 웬일인가. 기적처럼 온몸에서 힘이 솟는다. 걷는 게 재밌다.

신부님도 그렇게 말했었다. "방법을 바꾸고 나서는 걷는 게 취미가 됐어요. 그래서 마냥 걸어요. 머리도 맑아져요." 진리대로 하면 걷는 것조차도 이렇게 수월해지는구나!

그렇게 우리는 산티아고에 도착했다. 거대한 성당이 눈앞에 펼쳐졌다. 그런데 문득 이 큰 건물이 무슨 소용일까 하는 생각이 들었다. 그 숙소의 부인처럼 우리를 반겨주는 이도 없지 않은가. '한 사람의 마음이 어쩌면 이 거대한 성당 건물보다 더 귀하구나. 나는 산티아고를 왔지만 이 성당을 향해 온 게 아니라 내가 만나온 수많은 사람들의 마음을 만나러 온 것이구나…'

그리고 이번 여행길의 마지막 기적은 한밤중에 겨우 찾은 숙소가 문을 닫았을 때도, 아무 데나 주저앉아버릴 만큼 지쳐있을 때도, 텅 빈 알베르게에서 추위가 몰려왔을 때도, 아빠를 포근히 감싸주려는 딸의 눈빛을 본 것이다.

어릴 때 언니와 남동생에 치여 불평만 하던 어리광쟁이가 사람을 사랑할 줄 아는 성숙한 아가씨로 자라있는 것을 가슴으로 확인한 기쁨의 순간들…. 이렇게 한마음이 되어 한곳을 향해 함께 걷고, 함께 어려움을 겪으면서 조그만 것에도 함께 기뻐했다는 것. 그것이 이번 순례길의 가장 큰 기적일 것이다.

산티아고 성당을 나오며 나는 앞으로 내 곁에 다가올 수많은 사람들을 그려보며 나도 사람들에게 기적이 될 수 있겠다는 희망을 품었다.

나 한 사람의 힘

어느 날 어머니가 싸고 좋은 방을 구했다는
것이었다. 도배도 깨끗하고 창문도 나있고
부엌까지 딸린 근사한 방이었다. 정말 꿈에
그리던 방이었다. 나는 기쁨을 감추지 못했다.
그때 어머니가 말씀하셨다. "전에 살던
사람이 연탄가스로 죽어서 값이 싸단다."

방 한 칸

고등학교 시절 그 겨울 자취방은 정말 추웠다. 장독대 밑에
방을 들인 곳이라 찬바람이 몰아치면 천장에서부터 냉기가 몰
려왔다. 구들장을 어떻게 놓았는지 연탄불을 아무리 지펴도 방
안엔 온기조차 없었다.

옷을 아무리 껴입고 자도 뼛속까지 파고드는 추위를 견디지
못하고 일어난 어느 새벽, 온기라도 쬐고 싶어 연탄아궁이로 갔
다. 연탄은 거의 재로 변해 하얗게 되어 있었다. 그 연탄을 방에
들여놓으면 추위가 조금은 가실 것 같았다.

방안에 벽돌을 주워다 연탄을 올려놓았다. 그 겨울 처음으로

방안에 온기가 도는 듯했다. 나는 그 따스함 속에 깜박 잠이 들었다. 그런데 아침 무렵 머리가 깨질 듯 아파왔다. 연탄가스중독이라는 생각이 번뜩 들었다. 연탄을 밖으로 던지고는 문을 열어놓은 채 쓰러지고 말았다. 저녁 무렵이 돼서야 정신을 차린 나는 죽고 사는 것이 순간이라는 생각이 들었다.

서울로 올라와서도 가장 어려운 문제는 자취방을 구하는 것이었다. 아버지가 마련해준 8만 원으로 왕십리를 샅샅이 뒤져 허름한 한옥 방 한 칸을 얻었다. 그곳도 어찌 된 일인지 방 전체가 얼음장 같았다.

그 겨울 아버지가 서울에 왔다 가시더니 마을 사람들에게 20만 원을 빌려 보냈다. 아파트라면 추위는 면할 것 같아 낡은 아파트 방 한 칸을 얻어 이사를 했다. 연탄을 땠더니 온 방이 따뜻해져와 어머니와 나는 정말 오랜만에 포근한 밤을 보낼 수 있었다. 나는 그 방에서 밤늦게까지 공부를 할 수 있었다.

그런데 다음날 밤 음악소리가 울려 퍼지는 것이었다. 방을 구할 때는 몰랐는데 야간업소에서 밴드를 하는 주인집 아들이 내 방 뒤에 조그만 다락을 만들어 음악을 틀고 연주를 하는 것이었다. 한밤중이 되면 어김없이 쿵쾅거리는 그 음악소리….

어머니 얼굴에도 그늘이 지고 내 마음에도 멍이 들어갔다. 어머니는 다시 방을 보러 나섰지만 늘 실망한 얼굴로 돌아왔고 나는 그 지긋지긋한 음악소리에 부글부글 속앓이만 해야 했다.

그러던 어느 날 어머니가 싸고 좋은 방을 구했다는 것이었다. 도배도 깨끗하고 창문도 나있고 부엌까지 딸린 근사한 방이었다. 거기다가 출입문도 따로 있고 방도 따스했다. 정말 꿈에 그리던 방이었다. 나는 기쁨을 감추지 못했다.

그때 어머니가 말씀하셨다. "전에 살던 사람이 연탄가스로 죽어서 값이 싸단다." 연탄가스를 마셔본 나는 걱정이 되었다. 당시 신문에는 연탄가스로 사람이 죽었다는 기사가 연일 나올 때였다. 그 방에서 연탄가스를 마시고 죽어 넘어져 있는 내 모습이 떠올랐다.

그런 내 마음을 들여다보기라도 한 듯 어머니가 다시 말을 이었다. "수리를 했는데도 한번 사고가 난 집이라고 사람들이 꺼려 방을 싸게 났단다. 여기서 사셨던 분은 할머니였다고 하더라. 젊은 너는 희망을 갖고 있으니까 절망스러운 일은 일어나지 않을 거다." 어머니의 말은 점점 단호해졌다.

들고 보니 장판을 다시 바르고 문지방도 잘 메우면 가스가 샐 것 같지 않았다. 나는 희망을 갖고 그 방에서 본격적으로 서울

생활을 시작했다. 그 방에서 밤이 새도록 책도 보고 음악도 듣고 신문도 보며 세상을 배우고 꿈도 키웠다. 주인 할아버지가 전셋값을 올려달라고도 하지 않아 나는 그곳에서 오래도록 살았다.

지금은 복개공사를 했지만, 집 앞으로는 개울이 흐르고 집 뒤로는 산이 있는 그곳, 나는 그곳에서 뒷산을 오르고 개울가를 걸으며 대학 시절을 보낼 수 있었다. 모두가 기피하던 곳이었지만 나에게는 천국이 된 그곳을 어른이 되어서도 가끔 찾아가 그 방을 훔쳐본다.

어머니는 그 방 한 칸을 얻기 위해 서울의 수백 곳을 뒤지고 다니면서 수없이 절망했을 것이다. 그러나 언젠가는 사랑하는 아들에게 편안한 방을 얻어줄 수 있을 것이란 희망은 버리지 않았을 것이다. 그리고 그 희망이 마침내 아들에게 편안한 방을 선사하게 되었을 것이다.

내 어머니에게 그런 희망을 준 것은 무엇이었을까? 내 어머니 믿음처럼 희망이 있는 사람에게는 희망적인 일이 기다리는 것 아닐까.

남도 여행길에 만난 그는 한참이나 세월호
사건과 정치인들에 대해 열을 내며 말을 쏟아냈다.
그의 열변을 한참 듣다 나는 "그 국회의원에
대해서 무척 잘 아시는 것 같은데,
선생님 아버님이 어느 초등학교를 다녔는지는
아세요?" 하고 물었다. 그가 조용해졌다.

나 한 사람의 힘

"그 국회의원은 우리 지역에서 태어나기만 했지 초등학교도
서울에서 다녔어요. 경기중, 경기고를 나온 서울법대 출신으로
우리와는 무관한 사람입니다."

남도 여행길에 만난 그는 한참이나 세월호 사건과 정치인들
에 대해 열을 내며 말을 쏟아냈다. 그의 열변을 한참 듣다 나는
"그 국회의원에 대해서 무척 잘 아시는 것 같은데, 선생님 아버
님이 어느 초등학교를 다녔는지는 아세요?" 하고 물었다. 그가
조용해졌다.

국회의원의 고향이나 학벌, 재산에는 관심을 쏟으면서도 정

작 나를 낳아준 부모님이 초등학교는 어디를 다녔는지, 어떻게 나를 키웠는지에 대해서는 왜 궁금해하지도 않는 것일까.

나는 우리 사회에 말도 안되는 대형사고가 자주 일어나는 것도 국회의원의 학력은 줄줄이 꿰면서도 아버지가 다녔던 학교에는 관심조차 없는 우리들의 모순적인 태도 때문이라고 믿고 있다.

유명인사의 취미나 기호는 너무나 잘 알면서도 아내가 뭘 좋아하는지는 모르는 사람들도 의외로 많다. 아이가 학교에 가기 싫어하면 학교나 교육정책에 대해 열띤 비난을 하면서도 실제로 아이에게 뭐가 필요한지 고민하는 부모들은 많지 않다.

더 재미있는 것은 사람들이 자신의 생각인 것처럼 쏟아내는 말들을 가만히 들어보면 대부분 신문이나 텔레비전에서 듣고 읽었던 내용이라는 사실이다. 언론을 통해 들은 이야기들을 앵무새처럼 읊조리면서 마치 자신이 원래부터 알고 있었거나 스스로 생각해낸 것인 양 우쭐해 한다.

일본에 원전사고가 났을 때는 모임에만 나가면 그 복잡한 원전의 구조는 물론, 사고의 원인부터 피해액수, 앞으로의 대책까지 줄줄이 설명하는 친구들이 많았다.

성수대교나 삼풍백화점 붕괴 때도 만나는 사람들마다 사고와

관련해 온갖 지식들을 꺼내놓았다. 그런데도 세월호 참사와 같은 사건이 계속해서 터지는 이유는 무엇일까?

사고가 나면 우리는 먼저 내 주위에도 그런 사건이 일어날 수 있는지 살펴보는 데 관심을 두어야 한다. 그런데 나와 직결된 문제는 강 건너 불 보듯 하면서 언론에서 보도한 사고원인과 대책을 머리에 입력해두었다가 아는 체하거나 누구를 비난하면서 많은 시간을 보내버린다.

삼풍 사고나 성수대교 사고 때도 모여앉아 그렇게 열을 냈던 사람들 중에는 이번 세월호 사건 선장도 관계자도 있었을 것이다. 그중 단 한 사람이라도 자신이 일하는 세월호에는 그런 사고가 발생할 위험은 없는지, 사고가 나면 어떻게 해야 할지 그때 차분히 생각해보았더라면….

우리는 '사회의 구조적 모순 때문에 나 혼자서는 제아무리 노력해도 그 어떤 일도 해내기 어렵다'는 말을 쉽게 한다. 하지만 엉망으로 돌아가는 세상이라 할지라도 나 한 사람이 깨어있으면 홀로 할 수 있는 일은 의외로 많다.

광주민주항쟁 당시 나는 대학원생이었다. 전남도청 앞에서 군인은 시민을 향해 총을 겨누고 시민은 군인을 향해 버스를 돌진시키는 상황을 목격하고 계속 눈물만 나왔다. 명령에 따라 총을 겨누고 있는 젊은 군인들도, 그들을 향해 분노하는 시민들도 모두 선량한 사람들일 것이었다.

뭔가를 해야 할 것 같았다. 내 앞에는 여러 선택의 길이 놓여 있었다. 시민의 편에 서서 버스를 돌진시킬 수도 있었고, 사람의 목숨을 티끌처럼 여기는 전두환을 향해 분노만 터뜨릴 수도 있었고, 내가 할 수 있는 일은 없다며 눈물만 짓고 있을 수도 있었다.

하지만 나에게는 내 길이 있었다. 사람의 목숨을 살리는 것보다 중요한 일은 없다는 평소의 생각을 실천에 옮기는 것이었다. 데모 한번 해보지 않았던 나에게 용기가 생겼다.

나는 스피커와 마이크를 장착한 버스에 올라타 "전두환 물러가라! 계엄을 철폐하라!" 목이 터지게 외치며 군인들과 반대방향으로 차를 돌리게 했다. 그러자 군인들과 대치하고 있던 시민들도 방향을 바꿔 내가 탄 버스를 따르기 시작했다. 나는 계속 큰 소리로 외쳤고 수많은 시민들은 도시를 평화롭게 행진했다. 다음날 새벽까지 군인들이 없는 시내 중심부를 지나 시위를 이어나갔다.

그날 밤에는 사상자가 없었다고 나는 지금도 믿고 있다. 그때 나는 한 개인이라도 선의만 있으면 막강한 권력자도 할 수 없는 일을 해낼 수 있다는 믿음을 갖게 되었다. 소돔과 고모라가 멸망한 건 불의한 세력의 힘이 막강해서가 아니라 의로운 몇 사람이 없어서였다.

그래서 나는 지금도 성수대교건 삼풍백화점이건 세월호건 그 참사가 공무원이나 관계자의 불의 때문이기도 하지만 그보다는 의로운 사람 몇 사람이 없어서 생긴 것이라고 믿는다.

우리가 정치인들에게 지나치게 관심을 두는 것도 어쩌면 나 스스로 뭔가를 하기보다, 나 스스로 의로운 사람이 되기보다 정치인들이 나를 위해 무얼 해야 할 거라는 의타심이 훨씬 크기 때문이다.

사실 정치인이든 선장이든 그 누구든 자신의 생명과 이익을 우선하지 않겠는가. 그런 누군가에게 우리의 생명과 안전을 맡기려 드는 것은 숲에서 고기를 잡겠다는 것과 같다.

남편을 잃고 홀로 된 여인이 열심히 벌어 아들에게 고액과외도 시키며 정성을 다했다. 하버드 비즈니스 스쿨을 나온 아들은 졸업 후 뉴욕 월가에 취직했다. 그 후 어머니를 무시하고 멀리했다. 여인은 아들이 이럴 수 있느냐고 신부님께 하소연했다. 학교 교육이 문제라고, 요즘 세상이 문제라고….

그러자 신부님이 물었다. 아들이 어릴 때 손잡고 성당에 한 번이라도 함께 왔느냐고. 그 여인은 아들을 시험 잘 보는 우등생으로만 키웠지 사람을 귀하게 아는 사람으로는 키우지 않았다. 아들의 문제는 어머니에게서 비롯된 것이다.

우리는 무슨 사고만 생기면 정치인들의 탓으로 돌리거나 사회를 비난하는 것으로 자신이 정의로운 사람인 줄 착각한다.

하지만 그 여인처럼 문제는 우리 개개인에게서 비롯된 경우가 참으로 많다. 이제부터라도 내가 어떤 상황에 닥쳤을 때 수많은 인명을 구해낼 수도 있는 위대한 존재라는 자각을 갖고 있으면, 정치인에 대해 왈가왈부할 시간에 내 자신과 내 가족의 삶에 더 관심을 둘 것이다. 그러면 우리는 나 자신은 물론 이웃까지 지켜줄 수 있는 힘도 갖게 되지 않을까.

우리는 오랜만에 마주 앉아도 그저 남의 이야기만 하다가 서로의 삶에 대해서는 한마디도 나누지 않고 씁쓸하게 헤어진 적이 얼마나 많았던가.

한평생 나와 너에 대해서는 한 마디도 말하지 못하면서 누구누구가 어떤 학교를 나왔고, 어떤 잘못을 했는지만 말하며 공허하게 살 것인가.

그러다 갑작스러운 불행을 만났을 때 그저 누구 탓만 하며 어떤 일도 하지 못하고 무능하게 생을 마칠 것인가.

어릴 적 미국지도를 볼 때마다 한 번쯤 대륙횡단을
해야지 마음먹었다. 그런데 요즈음에는 왜 그렇게 꿈에
그리던 대륙횡단의 꿈을 잊고 지냈는지 곰곰 생각해
보았다. 놀랍게도 내가 무엇에 얽매여있기 때문이
아니라, 내가 훨씬 자유로워졌기 때문이라는 생각이
드는 것이었다. 어릴 적에는 고작 눈 앞에 펼쳐진
대륙을 질주하는 꿈을 꾸었지만, 지금은 그와는 비할 수
없이 아름다운 꿈을 갖고 살기 때문이다.

이거 똑바로 해!

"대륙횡단 한번 해볼래? 어디든 데려가 줄 테니까."

갑작스런 그의 제안에 나는 머뭇거리기만 했다. 평생 해보려
던 아메리카 횡단의 꿈이 이렇게 눈앞에 다가왔는데도….

얼마 전 그가 한국에 왔을 때 나는 사무실 옥탑방에서 그가
살아온 이야기를 밤을 새우며 들었다. 아무렇게나 수염을 기르
고 털털하게 옷을 입고 있었지만 나는 그가 세상의 물결 속에서
도 인간 본연의 모습을 잃지 않으려고 얼마나 애써왔는지 알 수
있었다.

불과 몇 번밖에 만나지 못한 그가 아주 가까운 사람처럼 느껴졌다. 뉴욕에 가게 된 나는 비행기에서 내리자마자 그에게 전화를 했다. 텍사스에 있던 그는 곧장 차를 운전하여 나를 만나러 오겠다고 했다.

텍사스에서 뉴욕까지 그 먼 길을 오자면 며칠은 걸릴 텐데도 그는 밤낮으로 운전하여 이틀 만에 내 앞에 나타났다. 그렇게 먼 길을 온 그가 당장이라도 대륙횡단을 떠나자고 했을 때 나는 감동하지 않을 수 없었다.

나는 어릴 적 미국지도를 볼 때마다 한 번쯤 대륙횡단을 해야지 마음먹었다. 고속도로를 달리다 한적한 시골길로 접어들어 미국 시골 아저씨 아주머니도 만나 이야기도 나누고, 그들의 집에 초대받아 구경도 해보는 그런 여행을 꿈꿨다. 청년 시절에도, 수십 년이 지난 지금까지도 언젠가는 그런 날이 오리라고 생각만 하고 있었다.

하지만 요즘 들어 '과연 그럴 시간을 낼 수 있을까? 그렇게 여러 날을 자동차로 돌아다니면 몸이 견뎌낼까?' 하는 의구심이 들었다. 게다가 그가 정말로 시간을 낼 수 있을지, 그의 부인이 못마땅해 하지 않을지 마음이 쓰였다.

더구나 서울을 떠나오면서 마감해야 할 원고를 한 뭉치 가져온 나에게 그런 여유가 있는지 생각해보았다. 내가 선뜻 대답을 못 하자 그는 다음날 일찍 오겠다면서 어디를 갈지 밤새 잘 생각해보라는 것이었다.

그가 떠난 후 나는 지도를 펴들었다. 한여름에도 하얀 눈으로 덮여있을 로키산맥도, 켄터키주의 끝없이 너른 평야와 오대호의 물결도, 언젠가 가본 그 평온한 도시 덴버도 어른거리는 듯했다. 모두 가보고 싶은 곳이었다.

그렇게 꿈에 그리던 시간이 찾아왔음에도 왜 마음껏 떠나지 못하는지, 요즈음에는 왜 대륙횡단의 꿈을 잊고 지냈는지 곰곰 생각해보았다. 놀랍게도 내가 무엇에 얽매여있기 때문이 아니라, 내가 훨씬 자유로워졌기 때문이라는 생각이 드는 것이었다.

어릴 적에는 고작 눈 앞에 펼쳐진 대륙을 질주하는 꿈을 꾸었지만, 지금은 그와는 비할 수 없이 아름다운 꿈을 갖고 살기 때문이라는 생각이 들었다.

대륙횡단이라고 해봐야 내 눈을 즐겁게 하고 내 호기심을 채우는 것이 고작이지만, 세상 사람들과 교감할 수 있는 글을 쓰고 세상에 감추어진 신비로움을 알아가는 것은 훨씬 흥미롭고 즐거운 여행이었다.

대륙을 횡단하며 이곳저곳 기웃거리는 데 마음을 쏟기보다 내가 하는 일에 매진하는 것이 나를 훨씬 자유롭게 할 것이었다. 대륙횡단은 접고 며칠간 동부와 중부의 몇 개 주를 여행하기로 마음을 정했다.

다음 날 아침 그가 운전하는 옆자리에 앉은 나는 모처럼 홀가분한 마음으로 여행길에 올랐다.

뉴저지를 지나 버지니아로 가다가 웨스트버지니아로 접어들어 산속을 떠돌기도 했고, 컨트리 뮤직의 고향이라는 내슈빌에서 구입한 음반을 들으며 켄터키주의 끝없이 펼쳐진 옥수수밭을 가로지르기도 하고, 북쪽으로 한참을 달려 오하이오주의 끝에 서서 오대호를 바라보기도 했다.

그런데 놀랍게도 그는 한 번에 열 시간 이상을 꼼짝없이 운전하면서도 피곤해하지 않았다. 조수석에 그냥 앉아만 있어도 두 시간만 지나면 피곤에 찌드는 나와 달리 지치지 않는 것이 참 이상했다.

그런 나를 보고 그가 피곤해지지 않는 법을 알려주겠다고 했다. 그가 그런 비법을 알 턱이 없다고 생각한 나는 콧방귀를 뀌었지만 그는 아랑곳하지 않고 차근차근 설명했다. 피곤한 것은 자세가 바르지 못하기 때문이라면서 바른 자세가 무엇인지 알려주겠다고 했다. 나는 당연히 어릴 적부터 수없이 들었던 "엉덩이를 의자에 바짝 갖다 대고 허리를 꼿꼿이 하라."는 말이 나오리라 생각했다. 그런데 그는 차에서 내리자더니 엉뚱하게도 누가 무엇을 잘못했을 때 하는 것처럼 "이 사람, 이거 똑바로 해!" 하고 손을 쭉 뻗으며 소리쳐보라는 것이었다.

나는 그가 시키는 대로 했다. 그 순간 바로 느낌이 왔다. 어느 정도 엉덩이를 붙이고 어떻게 허리를 세워야 하는지 늘 그 기준이 모호했는데 '바른 자세는 바로 이거구나!' 하는 확신이 엉덩이에서부터 머리끝까지 온몸으로 전해졌다.

그는 내가 신기해하자 바른 걸음걸이는 무엇이고 바른 자세가 왜 중요한지 한층 쉽게 설명해주었다. 나는 깨끗한 잔디 위에서 떠오르는 아침 해를 보며 그가 하라는 대로 걸음도 걸어보고 앉아도 보았다. 그는 열심히 따라하는 나를 만족스럽게 바라봤다.

얼마간 그늘 밑에 있다가 다시 차에 올라탔다. 켄터키주의 그 넓은 평원을 십여 시간 운전해 가는데도 자세를 바르게 하니 피곤하지 않았다. 정말 내게는 신천지가 다가오는 것 같았다. 사실 진리는 너무 간단한데 사람들이 어렵게 설명하고 있다며 그가 웃었다.

다음 날도 그 다음 날도 나는 피곤하지 않았다. 이렇게 나는 몇 날 며칠 이곳저곳을 여행했다. 그러나 내가 한 여행은 사실 한 사람에 대한 여행이었다. 그가 어떻게 살아왔고 그의 소망이 무엇인지 그를 알아가는 여행이었다. 대륙을 가로지르고 남북을 넘나들며 이 주 저 주 옮겨 다녔지만 내가 본 것은 내 곁에 앉은 그 한 사람이었다.

여행 끝자락에 그가 말했다. "이렇게 마음 맞춰 여행할 사람도 많지 않아." 젊은 시절 설악산에 들어갔다가 몇 년간 몸과 마음을 단련시킬 기회를 얻게 되면서 남들과 다른 길을 걷게 되었다는 그의 인생담을 듣는 것만으로도 나는 대륙횡단보다 더 멀고 흥미진진한 여행을 하고 돌아왔다. 진리가 아닌데도 진리처럼 보이는 것을 붙잡고 살아갈지도 모를 오늘을 더욱 진리로 채워야겠다고 다짐하는 여행이었다.

지금도 나는 그가 가르쳐준 대로 실천하고 있다. 거울 앞에서 손으로 나를 가리키며 "이 사람, 이거 똑바로 해!"

첫 리허설이 있던 날, 음악감독의 얼굴이 밝지
않다. 이태리어 가사가 입에 익은 성악가들이 우리말
가사가 낯설다며 불평을 했다. 음악도 모르는 변호사가
가사를 붙였다니 더 미덥지 않았을 것이다.
성악가들을 모두 모이도록 했다. "뭔가 새로운 시도를
하면 아무리 좋은 것이라도 음악은 음악가들이,
건축은 건축가들이 먼저 반대를 한다."

뭔가 새로운 시도를 하면

"이번 음악회에 오페라를 우리말로 부르게 하면 어떨까?"

나는 음악감독의 눈치를 살피며 조심스럽게 말을 꺼냈다. 그
러자 그녀는 "우리말 오페라집은 번역이 어색해 부르기가 정말
어려워요." 하며 걱정스러운 얼굴이다. "그래서 내가 우리말 가
사를 제대로 한번 붙여보려고요."

내가 처음 오페라를 본 것은 대학을 졸업하고도 훨씬 뒤의 일
이었다. 어느 부잣집 딸이 세종문화회관 로열석 티켓 두 장이
있다며 나를 데리고 갔다. 어마어마한 금액의 티켓을 살 엄두도

못 내던 나는 기대에 한껏 부풀었다.

화려한 무대 위 아름다운 의상을 입은 성악가들이 풍부한 성량을 뽐냈지만 이태리어 가사를 알아들을 수 없으니 별 감동이 없었다. '공연장을 채운 저 수많은 사람들이 뜻이나 제대로 알고 박수를 치는 걸까?'

작년 겨울 아들과 유럽여행을 갔다. 나는 아들에게 세계 최고라는 밀라노 라스칼라 극장에서 오페라를 꼭 보여주고 싶었다. 수십만 원 하는 로열석 티켓을 사 들고 입장했는데 6인용 박스석이었다.

앞에 네 명의 이태리 가족이 앉아있는데다 무대가 하도 멀어 성악가들은 물론 무대조차 보였다 안 보였다 했다. 박스 난간에 붙은 모니터의 영어자막이라도 보려고 했으나 그 가족들에 가려 볼 수가 없었다. 그런데 재밌는 것은 이태리 가족들조차 자꾸 무슨 내용이냐고 서로 묻는 것이었다. 자기 나라말인데도 왜 못 알아듣는 것일까? 그들도 일상대화와 다른 옛말 가사를 잘 알아들을 수 없으리라는 생각이 들었다.

하지만 그 선율은 정말 아름다웠다. 노래를 부르는 성악가에게도 그 순간이 인생 최고의 시간인 듯 보였다. 한 인간에게서 뿜어나오는 저 아름다운 향기를 더 잘 느낄 수 있다면….

내가 책을 만드는 것도 인간의 가장 아름다운 모습을, 우리 안에 숨겨진 거룩한 샘을 길어 올려 사람들과 나누고자 함이 아니던가. 음악으로도 그걸 나눌 수 있다면…. 저 아름다운 선율과 그 선율에 담긴 정서를 우리나라 사람들도 제대로 느낄 수 있도록 하려면 어떻게 해야 할까? 그 고민은 한국에 돌아와서도 계속되었다.

오래전 한국어로 번역된 교황님 말씀을 읽는데 어느 대목은 도통 무슨 말인지 알 수가 없어 마치 교황님이 횡설수설 헛소리나 하는 사람처럼 여겨졌다. 하도 이상해서 교황님의 모국어인 독일어로 그 내용을 다시 살펴보았다. 그 깊이! 그 사랑! 감동이었다. '아, 오페라 아리아도 제대로 뜻을 살려 가사를 붙여봐야겠다!'

마침 성악을 전공한 직원이 있어서 나는 그녀를 옆에 앉혀놓고 우리말 가사를 이렇게도 붙이고 저렇게도 붙여 불러보게 했다. 한 소절을 완성해 그녀가 고운 목소리로 노래를 했을 때 나는 쾌재를 불렀다.

세계적인 성악가들이 원어로 부른 것보다 훨씬 더 마음에 와 닿았다. 그녀 역시 노래에 담긴 마음을 더 잘 느낄 수 있다고 기뻐했다. 그렇게 한 소절 한 소절 가사를 붙여가다 보니 아리아

하나가 완성되었고 그녀가 그 곡을 끝까지 불렀을 때 나는 만세를 불렀다.

열 곡이 완성되던 날, 나는 눈을 감고 우리말 아리아를 들었다. 곡마다 풍겨 나오는 느낌이며 깊이도 다 달라 한 곡 한 곡이 너무나 감동이었다. 옆에서 듣던 직원들도 눈물을 글썽이며 박수를 쳤다. 특히 결혼식장에서 신부 입장 때 반주로만 들었던 '결혼행진곡'을 우리말 가사로 불렀을 때 그 노래에 그런 아름다운 축복이 담겨있었느냐며 무슨 새로운 보물이라도 발견한 듯 신기해했다. 나는 속으로 소리쳤다. '됐다!'

그런데 첫 리허설이 있던 날, 음악감독의 얼굴이 밝지 않다. 이태리어 가사가 입에 익은 성악가들이 우리말 가사가 낯설다며 불평을 한다고 했다. 음악도 모르는 변호사가 가사를 붙였다니 더 미덥지 않았을 것이다. 이대로라면 수많은 관객들에게 실망을 줄 것이 너무나 뻔했다. 나는 장벽 앞에 홀로 서 있는 것 같았다.

성악가들을 모두 모이도록 했다. 나는 아무 말 하지 않고 가사작업을 함께한 직원을 불러 몇 곡을 부르게 했다. 그리고 성악가들에게 입을 열었다. "뭔가 새로운 시도를 하면 아무리 좋은 것이라도 음악은 음악가들이, 건축은 건축가들이 먼저 반대를 한다. 하지만 우리말로도 이렇게 잘 부를 수 있으니 새로운 길을 가보자."

그런데도 한 성악가가 우리말로는 노래의 느낌을 잘 살릴 자신이 없다고 했다. 나는 우리 성악가들이 이태리말은 온전히 느끼며 노래를 부르는 것이냐고 물었다. 순간 긴장감이 감돌았다.

나는 성악가들이 설령 뜻을 잘 안다고 해도 말마디에 담긴 느낌을 우리말처럼 잘 표현해내겠느냐, 더구나 성악가들은 잘 표현해도 막상 관객들이 그 뜻도 모르고 느끼지도 못한다면 무슨 소용이 있겠느냐고 호소했다. 다행히 인품 있는 성악가들이어서인지 모두 연습에 열중했다. 음악감독의 얼굴도 밝아졌다.

오페라 콘서트가 있던 날, 막이 오르고 우리말 아리아가 공연장을 채워나가기 시작했다. 그 이름만 들어도, 그 눈빛만 보아도 마음이 설레는 아리아. 황홀한 사랑의 순간, 애타게 그리는 마음, 아내를 떠나보내고 울부짖는 남편의 애달픔, 이 세상을 떠나 하느님의 품에 안기는 아리아까지…. 관객 한 사람 한 사람의 이야기인 동시에 내 인생의 노래이기도 했다.

우리말 가사로 노래를 부르니 성악가들의 몸짓 하나, 표정 하나에도 아리아에 깃든 정서가 그대로 표현되어 우리에게 전해지고 있었다.

음악회 때마다 온유한 미소로 다녀가곤 했던 선배 변호사의 부인이 다가오더니 "지금까지 봐왔던 어떤 음악회보다 감동적이었어요." 하며 기쁨을 감추지 못했다. 그다음 관객도, 또 다음 관객도 정말 신선하고 감동적이었다며 행복한 미소를 지었다. 정말로 사랑하면 무엇이든 해낼 수 있는 능력이 생긴다는 것을 실감한 날이었다.

며칠 후, 그날 무대에서 온몸으로 연기해 가장 많은 박수를 받았던 성악가를 만났다. 그녀가 내게 말했다. "저는 자라면서 상처를 많이 받았어요. 그런데 변호사님은 상처가 없는 것 같아요."

"저에게도 큰 상처가 있어요. 정말 좋은 것을 주려 해도 사람들이 받아주지 않을 때 정말 마음이 아팠거든요. 다행히 글을 쓰고, 음악회를 열면서 사람들이 정말 좋은 것에 기뻐하는 걸 보며 그런 상처가 아물고 있어요."

나는 그녀에게 아무런 상처 없이 평화롭게만 자랐다면 사랑하는 이를 잃은 마음을 그렇게 감동적으로 음악으로 몸짓으로 표현해낼 수 있었겠냐고, 그 상처가 누군가에게 기쁨을 줄 수 있는 능력으로 승화되지 않았느냐고 물었다.

그녀의 표정이 밝아져 가는 걸 보며 나는 순수한 음악은 부르는 사람이건 듣는 사람이건 그 모두를 선하고 부드럽게 만들어 간다는 믿음이 더욱 굳어졌다.

십여 년 전 인도에 갔었다. 그의 아내가
거적을 열고 음식을 내왔는데 마치 흙물 같았다.
나는 어쩔 수 없이 그 흙 같기도 하고 시커면
젓갈 같기도 한 음식을 먹고 말았다.
아이들은 박수를 치며 좋아했고 할머니도
그 남자도 얼굴 가득 기뻐했다. 나도 웃었다.

돌고 돌아 옛집으로

뉴욕 이스트 62번가, 그 타운하우스는 무척 허름해 보였다.
조그만 철문을 열고 들어선 1층은 천장도 무척 낮았다. 그러나
계단을 통해 2층으로 올라섰더니 높다란 천장에 탁 트인 거실
이 있었고 벽에 걸린 근사한 그림들이 눈에 들어왔다.

남쪽 창에서 들어오는 밝은 햇살을 받으며 책상에서 뭔가를
쓰고 있는 집주인 여의사의 이지적인 표정에는 고상함이 묻어
나왔다.

3층도 탁 트인 공간에 눈길을 끄는 그림, 조각이 군데군데 놓
여 있었다. 침실에도, 거실에도, 그 큰 집 어디에도 텔레비전이

눈에 띄지 않았다. 궁금해 물었더니 장 문을 열고 조그마한 텔레비전을 보여준다.

또 다른 이웃집도 보았다. 외관은 똑같이 허술했지만 사는 모양은 너무도 달랐다. 지하방을 온통 야구공, 글러브로 재밌게 꾸민 집, 거실을 갤러리처럼 꾸며 놓은 집, 와인 창고를 만들어 놓은 집, 동양에서 가져온 물건들로 신비하게 장식한 집…. 개성이라는 것이 이런 거로구나 하는 생각이 들었다. 특이한 것은 그들 집마다 책장 가득 책이 꽂혀 있었지만 텔레비전은 보이지 않았다.

몇 년 전 우리나라에서 부자들이 많이 산다는 어느 아파트를 여러 집 방문했던 기억이 떠올랐다. 거실에 들어서면 커다란 최신형 텔레비전과 화려한 식탁, 안방에는 큼직한 침대, 부엌에는 고급 냉장고가 천편일률적으로 자리하고 있었다.

거기에다 미소라곤 찾아볼 수 없는 집주인들의 권위적인 표정…. 그때 나는 그 숨 막힐 것 같은 상품전시장에 사람들이 살고 있는 게 참 이상하다는 생각이 들었다. 그리고 그렇게 사는 사람들을 부자라며 부러워하는 사람들이 많다는 것도 이상스러웠다.

십여 년 전 인도에 갔다. 그때만 해도 인도는 정말 상상도

할 수 없을 정도로 물가가 쌌다. 몇 백 원만 주면 과일이 한 봉지였고 천 원짜리 한 장이면 고급식당에서 인도음식을 먹을 수 있었다.

나는 호텔로 들어갈 때면 매일 호텔 앞 리어카에서 과일을 샀다. 말은 통하지 않았지만 단골이 된 나에게 그 과일 장수 남자는 너무도 친절했다. 며칠 후면 한국으로 떠난다고 했더니 그 남자가 굳이 자기 집에 가자는 것이었다.

인도에서 사람을 잘못 따라갔다가는 시체로 돌아오기 십상이라는 이야기를 수없이 들은 터라 우선 겁부터 났다. 녀석이 누군가와 짜고 나를 유인하는 건지도 모른다는 생각에 거절하고 말았다.

그런데 다음 날도 그 다음 날도 자기 집에 꼭 가자는 것이었다. 자기 가족을 보여주고 싶다는 것이었다. 호텔 침대에 누워 그 남자의 표정을 되새겨 보았다. 내가 누군가에게 진정으로 뭔가를 원할 때 나도 그런 표정을 지을 거라는 생각이 들었다. 그의 진심이 다가왔다.

용기를 낸 나는 그를 따라가 보기로 했다. 거지들이 여기저기서 소리를 지르며 손을 벌려대는 비좁고 더러운 골목을 그는 성큼성큼 앞서갔다. 나는 애써 미소 지으며 편안한 얼굴을 하려

했지만 이미 뱃속은 두려움으로 떨고 있었다.

다닥다닥 붙어 있는 집들에서 쏟아져 나온 지저분한 사람들이 볼거리라도 생긴 듯 소리를 질러대고, 나는 두려움으로 숨소리조차 낼 수 없었다.

돌고 돌아 들어간 그의 집은 어릴 적 소가 잠자던 헛간보다 비좁고 더러웠다. 고개를 숙여야 하는 낮은 천장, 거적으로 두른 벽면, 거칠거칠한 바닥…. 그곳에 열 명도 넘는 가족이 살고 있었다.

그가 늙은 어머니부터 막내 아이까지 인사를 시켰다. 할머니는 시종 미소를 잃지 않고 아이들은 사소한 것에도 깔깔댔다. 그의 아내가 거적을 열고 음식을 내왔는데 마치 흙물 같았다. 한 모금 마시기만 하면 금방 배탈이 날 것 같았다.

나는 먹지 않으려고 사양했지만 할머니는 만면에 웃음을 가득 담은 채 한 손은 입으로 먹는 시늉을 하고 한 손은 계속 빨리 먹으라고 손짓하며 재촉했다. 그 남자도 뭐라고 떠들며 빨리 먹으라고 거들었다. 나는 어쩔 수 없이 그 흙 같기도 하고 시커먼 젓갈 같기도 한 음식을 먹고 말았다.

아이들은 박수를 치며 좋아했고 할머니도 그 남자도 얼굴 가득 기뻐했다. 나도 웃었다. 내가 웃자 그들이 또 웃었다. 웃는 것밖에는 할 수 없는 사이였지만, 뭔가 따스함이 전해져 왔다. 내가 괜한 의심을 했다는 생각에 미안해졌다.

내가 아이의 사진을 찍었더니 함께 찍어달라며 몰려들었다. 내가 사진을 찍으면 그들은 웃고, 내가 집 안에 있는 뭔가를 만지기만 해도 그들은 웃었다. 그때 갑자기 위층에서 쿵쾅거리며 웃는 소리가 들렸다. 2층에도 다른 가족 열세 명이 산다는 것이었다. 내가 놀라는 표정을 짓자 그들은 또 한바탕 웃었다. 그들의 웃음소리에 그 헛간 같은 집은 어느새 사람이 사는 집, 행복이 있는 가정이 되어갔다.

나는 온 가족의 융숭한 대접을 한껏 받고 그 집을 나왔다. 이미 골목은 컴컴한 어둠에 잠겨 있었지만 내 안에는 어둠이 걷히고 빛이 깃들었다. 나는 그 골목을 나서며 마치 내 가족이기라도 한 듯 그들에게 환한 미소를 보내고 있었다.

한 달여 간의 인도 여행에서 보았던 온갖 명승지의 아름다움은 벌써 잊었지만 지금도 그 집 가족들의 웃음소리만은 선명히 기억 속에 남아있다. 나는 몇 년간의 아파트 생활을 청산하고 내 젊은 시절 아이들을 낳고 길렀던 옛집으로 돌아가려 한다.

30년이나 되어 낡았지만 감나무도 심어놓은 그 집은 내가 어

떻게 하느냐에 따라 사람 냄새 나는 가정도 될 수 있고, 가전제
품 전시장도 될 것이다. 내가 다시 돌아갈 옛집은 어떤 모습이
되어야 할지 생각해본다.

외톨이가 보내는 선물

"책 잘 받아봅니다. 고맙습니다." 핸드폰에
문자가 들어와 있다. 초등 동창부터 대학 동창,
사법연수원 동기, 변호사 친구까지 수많은
사람들에게 수년간 〈월간독자 Reader〉를
보냈지만 고맙다는 인사 한마디 듣기도 쉽지 않아
내심 섭섭하던 터라 우선 보낸 사람이
누굴까 궁금했다.

외톨이가 보내는 선물

"책 잘 받아봅니다. 고맙습니다."

핸드폰에 간단한 문자가 들어와 있다. 초등 동창부터 대학 동창, 사법연수원 동기, 변호사 친구까지 수많은 사람들에게 수년간 〈월간독자 Reader〉를 보냈지만 고맙다는 인사 한마디 듣기도 쉽지 않아 내심 섭섭하던 터라 우선 보낸 사람이 누굴까 궁금했다.

"뉘신지요? 궁금합니다."

"선배요. 우체국 정명희."

그 섬에는 우체국이 있었다. 육지로 전화를 하거나 전보나 편지를 부치러 가면 가끔 그 누나가 보였다. 뭔가 말을 붙이고 싶었지만 나는 겨우 "우표 한 장 주세요." 하고 돌아올 뿐이었다. 고등학교를 도시로 간 후에도 그 우체국과 우표를 건네던 그 사람들의 모습은 내 유년의 그림으로 남아있었다.

나는 즉시 답을 했다. "오랜만입니다. 보고 싶은 분들이 더 맑고 아름답게 살기를 바라며 책을 보내고 있습니다. 이렇게 감사까지 표해주셔서 고맙습니다." 그 누나도 답을 해왔다. "언제 만날 기회 있으면 인사드리지요."

시원한 바닷바람을 맞으며 소금알갱이가 반짝거리는 염전 사잇길을 걸으면서 나는 늘 사람을 그리워했다. 사람들은 많고 많건만 내 가슴속 이야기를 주고받을 사람은 없다는 외로움을 안고 살던 나는 내가 만나는 모든 사람들을 가끔씩 떠올리곤 했다. 그러나 그것은 나 혼자만의 짝사랑일 뿐 그 사람들이 나를 기억하는 것 같지는 않았다.

명절이면 아버지는 소주며 생선을 한 아름 사서 이집 저집 돌리라고 했다. 나는 선물을 돌리면서 왜 사람들은 받기만 하는지, 그런데도 아버지는 왜 끊임없이 선물을 하는지 궁금했다.

아버지도 가끔 "나는 꼭 찾아가 축의금이나 조의금을 내놓지만 저 사람들은 내게 무슨 일이 있어도 국물도 없어야. 내가 자식들 여울 때 얼굴이나 비칠랑가….” 하며 섭섭함을 보이곤 했다. 내가 “그럼 아버지도 다니지 말지.”라고 하면 아버지는 “사람들이 그런다고 나까지 그러면 쓴다냐.” 하셨다.

뭔가를 받고도 당연한 것으로 여겨버리는 사람들의 뻔뻔함을 보며 나는 늘 씁쓸했다. 하지만 유년에 만났건 나이 들어 만났건 내 곁에 있었던 사람들의 자취는 사라지지 않았다. 그래서 나는 그 사람들에게 내가 만드는 책을 보내기로 했다.

어릴 적 나를 늘 놀려먹던 친구가 있었다. 녀석은 힐끗힐끗 눈웃음을 치며 때로는 험담으로, 때로는 그 큰 덩치로 나를 밀어붙여 녀석을 보면 겁이 났다. 어느 날 잠을 자는데 녀석의 웃는 얼굴이 다가와 그에게도 책을 보냈다.

몇 년 후 어느 결혼식에서 그를 만났는데 그가 살며시 내 옆에 앉더니 “네가 만든 책 나도 친구들에게 선물하고 있어.” 하는 것이었다. 나는 “남 골탕이나 먹이던 녀석이 책 선물은 무슨~” 하며 건드려 보았는데 그는 “나도 이제는 술담배도 끊고 성당에 나가.” 하는 것이었다.

그리고 더 놀라운 말을 했다. “네가 쓴 글을 맨 먼저 읽고 내 아이들에게도 반드시 읽도록 하고 있어.” 갈까 말까 망설이다 교통체증을 뚫고 간 결혼식이 녀석 때문에 축제가 된 날이었다.

대학 시절에도 나는 외톨이였다. 친구들은 늘 자신보다 더 잘난 친구를 찾는 눈치였고 나처럼 촌스러운 사람에게는 눈길조차 주지 않았다. 의외로 유치한 가치들을 쫓으면서도 자신들을 대단히 그럴듯한 사람으로 여겨 그들과의 시간은 늘 지루하고 어색했다. 그래서 나는 동창회에도 잘 가지 않았다.

그런데 대학졸업 30주년 기념식 초대장이 날아왔다. '흰 개꼬리 삼 년'이라는 말처럼 세월이 흘러도 크게 변하지 않았을 동창들을 생각하니 기념식이 달갑지 않았다.

그러나 옛날과 달리 성장하고 변화된 동창들도 있으리라는 생각에 모임 장소에 갔다. 몇몇 친구들에게 농담을 던지며 너스레도 떨어보았지만 마음에 없는 말들로 가슴만 답답해졌다. 은사님들의 인사, 유명 동문 소개, 유흥으로 이어지는 그 시간들이 길게만 느껴졌다.

그러다 쉬는 시간이 되었다. 한 친구가 몹시 반가워하며 큰소리로 말했다. "야, 네가 참석한다고 해서 대구에서 열차 타고 왔다. 네가 보내준 책 잘 읽고 있다."

대학 시절 소탈했던 그의 얼굴이 떠올랐다. 주위를 아랑곳하지 않고 쏟아내는 그의 말에서 진심이 묻어났다. 나는 그를 덥석 안았다. 그의 아내가 다가왔다. 쉽게 만나기 어려운 진실한 얼굴이 거기 서 있었다. 나는 동창회에 오길 잘했다는 생각이 들었다. 여느 모임처럼 개그맨의 구성진 추임새로 유흥이 시작되자 나는 살며시 아내와 그 자리를 떴다. 아직 넘기지 못한 원고들을 마무리해야 했기 때문이다.

새벽까지 글을 보다가 그 친구에게 문자를 보냈다. "자네와 부인의 깊은 관심을 뒤에 두고 나만 빨리 나와 미안하네. 잡지 마감하느라 이 시간에도 일을 하고 있지만 그래도 행복해. 자네도 행복해 보여 기뻤네. 송년음악회에는 자네와 부인을 꼭 초대하고 싶네. 윤 학"

그에게서 답이 왔다. "자네 부부를 만나 기뻤네. 역시 내가 생각했던 대로야. 글과 잡지 그리고 음악회까지 우리 부부는 자네가 매우 자랑스러우이. 조만간 꼭 함께하세나." 이런 말을 주고받을 대학 동창을 나는 얼마나 그리워했던가!

나는 평생 사람에 대한 그리움으로 애태우며 살았는데 이제와 생각해보니 그것은 이런 진정한 만남을 위해 꼭 필요했던 기다림의 시간이 아니었을까.

나를 놀리던 그 친구와 중학 시절 진한 우정을 쌓았다 하더라도 그게 얼마나 성숙한 것이었겠는가. 그 동창과 대학 시절 절친했던들 또 얼마나 깊은 마음을 주고받았겠는가. 그런데 이제

나는 글을 통해 만나고 싶었던 사람들, 늘 가까이하고 싶었던 사람들을 더 깊이 만날 수 있게 되었다.

앞으로는 내가 만났던 사람들은 물론, 소설 속 주인공처럼 아름다운 사람들, 신문에서 본 비참한 사람들, 굶주림과 전쟁에 시달리는 저 아프리카의 아이들처럼 내 기억의 끄트머리에 있는 모든 사람들에게 내가 만드는 책을 더 많이 보내련다.

내 아버지처럼 가끔 투덜거려지기도 하지만 살아가는 동안 한 사람이라도 더 진실하게 만나려고 애쓰는 것보다 나에게 더 큰 축복은 없을 것이기에….

〈가톨릭다이제스트〉를 처음 맡았을 때 가톨릭
신자 그 누구도 관심을 갖지 않았다. 책을 만든 지
4년쯤 되었을 때. 신부님 한 분이 전화를 주셨다.
신자들에게 〈가톨릭다이제스트〉를 꼭 읽히고
싶다며…. 그런데 이번에도 〈월간독자 Reader〉를
창간한 지 4년 만에 그 신부님과 같은 목사님을
만났으니 참 신기한 일이다.

개신교 신자도 가톨릭 신자도

'개신교 신자가 가톨릭 잡지를 기다린다면…'

15년 전 나는 〈가톨릭다이제스트〉를 맡으면서 이런 말도 안
되는 꿈을 꾸었다. 그런데 그 꿈이 채 이루어지기도 전에 나는
또 다른 꿈을 꾸고 있었다.

'개신교 목사가 쓴 글을 가톨릭 신자도 읽는다면…'

개신교 신자건 가톨릭 신자건 진리에 대한 목마름이 다르지
않을 것이고, 주님이 담긴 글, 진리에 목말라하는 글에 가슴이
열리지 않겠는가.

내게는 언젠가부터 심한 목마름이 있었다. 그래서 서점에 가

면 반드시 종교 서적 코너에 들러 이 책 저 책 뒤적거렸다. 뭔가 내 목마름을 채워줄 책이 있을 거라는 생각 때문이었다. 그러나 종교 서적도 세상 책들과 별반 다르지 않게 상업광고로, 일방적 이념으로 뒤덮여 있었다. 제목은 그럴싸하지만 내용이 텅 빈 책을 발견할 때의 실망감이란…. 기독교의 뿌리가 깊은 나라는 뭔가 다르리라는 기대를 안고 간 미국에서도 나는 실망만 하고 돌아오기 일쑤였다.

나는 내가 찾아 헤맸던 그런 책을 만들고 싶었다. 그런 책이라면 나처럼 목말라하는 사람들에게는 분명 기쁜 소식이 될 것이었다. 그런 희망을 갖고 나는 잡지를 맡았고 매달 그런 소망을 담았다. 잡지를 읽은 독자들도 다음 달 책을 기다린다는 편지를 수없이 보내왔다.

그래서 엄청난 경제적 손해를 무릅쓰면서도 가톨릭 잡지를 개신교 목사님과 개신교 병원에도 보냈다. 어떤 반응이 올 것인가! 고맙다고 전화를 해오는 분도 있었지만 왜 가톨릭 책을 보내느냐는 호통도 들려왔다.

그럴 때면 내가 왜 이런 무모한 짓을 하고 있나 후회도 되고, 괜히 목사님들을 불쾌하게 한 것 같아 미안한 마음도 들었다. 그런데 그런 엇갈린 반응에도 '진리에 대한 목마름'이 가톨릭이니 개신교니 하는 '현실'을 뛰어넘고야 말 거라는 확신은 더욱 깊어지는 것이었다.

더구나 가톨릭이니 개신교니 하고 싸우며 서로 죽고 죽이는 뉴스나 영화를 볼 때면 남북 간의 화해도 중요하지만 종교 간의 소통은 더욱 중요한 것 같았다. 영성적인 글이야말로 그런 기반을 만들 좋은 재료라는 생각이 들었다. 그래서 나는 더 많은 곳에 책을 보내기로 마음먹었다.

지성이면 감천인가! 어느 날 한 대학교 교목이 전화를 했다. 정말 영성적인 책을 읽을 수 있어서 고맙다며 친구 목사에게도 보내달라고 정기구독을 신청하는 게 아닌가.

나는 뛸 듯이 기뻤다. 더 많은 교회에, 목사님들께 책을 보내야겠다는 생각에 누구나 부담 없이 받아들 수 있는 제호, 목사나 개신교 신자의 글도 실린 책이면 좋겠다는 생각이 들어 〈월간독자 Reader〉를 창간하기로 했다. 물론 주님에 대한 목마름을 그 중심에 두고….

얼마 후 한 목사님이 〈월간독자 Reader〉를 교도소에 보내달라며 매달 몇만 원씩 보내왔다. 참 신기한 일이었다. 나는 의욕적으로 장로교 목사에게도, 감리교 목사에게도 〈월간독자 Reader〉를 보냈다. 그러자 더 많은 책을 보내줄 수 있겠느냐는 전화가 왔다. 나는 아낌없이 책을 보냈다.

그러나 한편으로는 개인이 어렵게 해나가는 이 일에 구독신청으로 격려해주면 좋을 텐데 왜 책을 거저 보내달라고만 하는지 섭섭한 마음도 들었다. 책을 잘 읽고 있다는 격려와 그런 섭섭함의 희비가 교차하면서 〈월간독자 Reader〉를 창간한 지 4년이 흘렀다.

그동안 수십만 권의 잡지를 무료로 보냈지만 정기구독을 신청한 목사님은 백여 분에 불과하다. 앞으로도 그 손해는 눈덩이처럼 불어갈 것이다. 그런데 나는 왜 이 일을 계속하는 것일까.

얼마 전 한 목사님이 독자상담실로 전화를 했다. 〈월간독자 Reader〉가 자신의 영적 목마름을 채워줄뿐더러 목회에도 무척 도움이 된다는 것이었다. 나는 그분을 만나보기로 했다. 작은 교회였지만 집무실에서는 책 냄새가 물씬 풍겨왔다.

그는 틈만 나면 책방에 들러 말씀이 담긴 책이라면 개신교건 가톨릭이건 가리지 않고 찾아 읽는데 읽을만한 책이 드물다며 안타까워했다. 개신교건 가톨릭이건 똑같은 주님을 믿는데도 서로 배척만 하고 있어 답답하다며 자신이 섬기는 교회에서 특강을 하고 〈월간독자 Reader〉도 소개해달라고 했다.

나는 15년 동안 간직했던 꿈이 이루어진 것만 같아 두근거리

는 가슴으로 내가 살아온 이야기, 사람들에게 좋은 책도 읽도록
하고 싶은 소망을 전했다.

예배가 끝난 후, 가톨릭 신자라고 소개했는데 과연 구독신청
을 해주는 분이 있을까 마음이 조마조마했다. 그런데 참석한 거
의 모든 교인들이 구독신청을 해주는 게 아닌가. 조그마한 교회
라서 모두 해도 19명의 구독신청이었지만 나는 하늘을 나는 것
만 같았다. 목사님은 잡지를 알릴 수 있도록 동료 목사님들께도
소개를 해주었다.

〈월간독자 Reader〉를 창간하고 4년이 지나도록 어떻게 보
급할까 너무나 막연했는데 정성껏 만든 책이 한 사람을 움직여
결국 많은 사람들에게 퍼져 나가는 걸 보며 진실이란 그 어떤
현실이나 고정관념도 이겨내는 힘이 있다는 믿음이 더욱 깊어
진다.

사람들은 〈월간독자 Reader〉에 가톨릭도 담기고 개신교도
담겨 있다고 하겠지만 나는 외치고 싶다. 〈월간독자 Reader〉에
는 주님이! 말씀이! 담겨 있다고.

목마른 사람들에게 한줄기 샘물만 되어주면 '내 종교 네 종교'
하며 도무지 허물어질 것 같지 않은 종교의 벽까지도 뛰어넘어
반드시 퍼져 나가고야 만다는 진리가 현실로 다가오고 있다.

15년 전 〈가톨릭다이제스트〉를 처음 맡았을 때, 몇 사람이라도 내가 만든 책을 읽고 가슴이 열리고 행복해지려면 오로지 책을 잘 만들어야 한다는 열의로 가득 차 있었다. 하지만 처음엔 가톨릭 신자 그 누구도 관심을 가져주지 않았다.

기쁨과 두려움을 넘나들며 묵묵히 책을 만든 지 4년쯤 되었을 때, 신부님 한 분이 전화를 주셨다. 신자들에게 〈가톨릭다이제스트〉를 꼭 읽히고 싶다며…. 그 한 신부님의 순수한 마음에 나는 용기를 얻었고 결국 잡지는 수많은 사람들에게 퍼져나갔다. 그런데 이번에도 〈월간독자 Reader〉를 창간한 지 4년 만에 그 신부님과 같은 목사님을 만났으니 참 신기한 일이다.

이 세상 그 어떤 대단한 일도 결국 한 사람으로부터 시작되는가 보다. 우리가 품은 그 어떤 꿈이든 그 목적이 선하기만 하면 주님께서 반드시 들어주시는 것 같다. 현실의 벽이 아무리 높아도 진리를 당해낼 수 없음을 보면서 더욱 진리에 귀를 기울이며 살아가야겠다고 다짐해본다.

학교에서 돌아오면 아무도 없었다. 한참을
마루에 우두커니 앉아도 보고, 개미 뒤를 따라
가기도 하고…. 어느 날 화장실에서 본 잡지 속
이야기는 나를 새로운 세상으로 데려가 주었다.
나는 더 이상 외롭고 가난한 시골 소년이 아니라
독일사람과도 영국사람과도 이야기를 나누는
국제적인 사나이로 변해가고 있었다.

그 신사의 제안

"유네스코를 통해 〈월간독자 Reader〉를 아프리카에 보내도
록 합시다." 파리 한인성당에서 특강을 마치고 나오자 한 신사
가 다가와 말을 걸었다. 유네스코 본부에 근무한다는 그는 사뭇
진지했다. 내 이야기를 듣는 동안 아프리카 젊은이들에게 이 책
을 보내면 좋겠다는 마음이 생겼다고 했다. 뭔가 통하는 사람을
만난 것 같아 나도 신이 났다.

"때 묻지 않은 아프리카 젊은이들이 미래의 희망입니다. 먹을
것 입을 것 이상으로, 정신을 키워줄 책이 그들에게 필요합니
다." 십수 년 동안 매달 책을 만들며 나는 이 책을 아프리카와

남아메리카 젊은이들에게도 읽혔으면 하는 생각을 하곤 했다.

초등학교 때 학교가 끝나고 집에 돌아오면 아무도 없었다. 아버지 어머니가 떠나버린 텅 빈 집과 소쿠리에 삶아둔 보리밥 덩어리만 나를 기다리고 있었다. 그 부슬거리는 밥알로 배를 채우고 나면 할 일이 없었다. 한참을 마루에 우두커니 앉아도 보고, 마당에 난 풀을 뜯어도 보고, 집 뒤 텃밭에 나가 서성이기도 하고, 먹이를 물고 가는 개미 뒤를 따라가 보기도 하고….

그래도 긴 긴 해는 떨어질 줄 몰랐다. 해 질 녘이 되면 정거장에 나가 오지도 않을 아버지를 기다리다 터벅터벅 집에 돌아오면 더욱 허전했다.

어느 날 화장실에 다 찢어진 잡지가 있어 들춰보게 되었다. 동경에서 신문팔이를 하던 고학생이 마음씨 고운 일본 여학생에게 진실한 사랑을 받는 이야기, 목숨을 걸고 나치에 대항하는 레지스탕스의 아슬아슬한 이야기, 흔적도 없이 묻혀버릴 뻔한 범행을 파헤쳐가는 셜록 홈즈의 흥미진진한 이야기는 나를 새로운 세상으로 데려가 주었다.

나는 더 이상 외롭고 가난한 시골 소년이 아니라 독일사람과도 영국사람과도 이야기를 나누는 국제적인 사나이로 변해가고 있었다. 더 이상 가난이, 더 이상 외로움이 내 주인이 될 수 없었다. 나는 세상을 품는 꿈을 꾸기 시작했고 그 꿈은 나를 부유하고 여유로운 사람으로 만들었다. 개미 공무니나 따라다녔던 나는 책에서 만난 주인공처럼 변호사가 되어 사건을 파헤치기도 했고, 순수하고 맑은 마음씨를 가진 여자를 만나 아낌없는 사랑을 받기도 했다.

만약 어린 시절 내가 책을 만나지 못했더라면 이런 일들이 이루어질 수 있었을까. 나는 책 속에서 만난 사람들의 진심이 만들어내는 세계를 믿었고 나도 그런 진실한 마음을 갖고 살아간다면 어떤 일이든 할 수 있다고 생각했다. 그런데 어린 시절 책을 읽으며 꿈꿨던 대로 내가 살아가고 있으니….

나는 굶주리고 헐벗은 아프리카, 남아메리카 어린이들을 볼 때마다 내 어린 시절이 떠오른다. 그래서 그들에게 책을 보내야겠다는 꿈을 안고 미국에 건너가 〈월드 리더〉라는 잡지사를 냈다. 그러나 한국말을 영어로, 영어를 스페인어, 포르투갈어로 번역할 사람은 많았지만 글 속에 담긴 정신을 제대로 담아낼 사람을 찾기는 어려웠다.

번역을 잘못하면 영 엉뚱한 글, 읽기 싫은 글, 겉만 번지르르한 글이 된다는 걸 수없이 경험한 내가 그런 엉성한 책을 그 때

묻지 않은 아이들에게 보낼 수는 없었다.

　나는 잠시 꿈을 미뤄두고 내 자식들에게만이라도 그런 마음과 실력을 심어주자고 생각했다. 그러던 차에 유네스코와 같은 국제기구의 도움을 받을 수 있다니….

　그는 강조했다. "유네스코는 세계 최고의 교육 과학 문화 기구입니다. 세계 최고의 번역가들도 모여 있습니다. 이념에도 세속에도 물들지 않은 이 책이야말로 세계의 젊은이들을 일으켜 세울 수 있는 책입니다. 제가 힘껏 돕겠습니다."

　그런데 그의 말을 듣는 내 가슴속에는 그 어떤 불꽃도 일어나지 않았다. 평생 꿈꿔온 일이 이루어질 수 있다는데도 내 가슴은 왜 잠잠하기만 하는 걸까. 그리고 그의 말에 힘이 주어지면 주어질수록 나는 국제기구가 과연 이런 일을 해낼 수 있을까 하는 회의가 더욱 짙어져 갔다.

　슈바이처가, 이태석 신부가 유네스코의 도움으로 아프리카 사람들에게 음악을 가르치고 희망을 심어주었는가. 베토벤의 음악이건 고흐의 미술이건 인류에게 진정 위안이 되는 작업들은 국가에서도 기업에서도 국제기구에서도 도움을 받지 않았다는 사실이 떠올랐다.

　국가는 세금으로, 대기업은 벌어들인 돈으로 그림은 사 모을 수 있지만 명화는 그려낼 수 없지 않은가. 마리아가 예수를 잉태한 것도 거대한 조직의 힘이 아니라 한 여인의 굳은 믿음에서 가능한 것이었다.

우리는 가끔 국가에서 힘을 실어준다면, 재벌의 후원을 받는다면, 국제기구의 도움이 있다면 무언가 되어갈 것으로 생각한다. 하지만 번역을 잘해낼 수 있는 개인이 없는데 어떻게 국가가, 국제기구가 그 일을 해낼 수 있다는 말인가. 이 세상에 평화를 심는 개인이 없는데 어떻게 국가나 국제기구가 그 일을 해낼 수 있다는 말인가.

그런데 이상하게도 사람들은 나는 못하지만 국가나 국제기구는 무엇이든 해낼 것처럼 착각을 한다. 세상을 위해 그 어떤 일도 하지 않으면서 누군가 그걸 해주어야 한다고 주장한다.

나는 그가 힘주어 말을 하면 할수록, 그것은 내가, 우리가 해야만 할 일이라는 확신이 더욱 커졌다. 국제기구가 그 활동상을 만천하에 알리는 일은 할 수 있어도 젊은이들에게 선한 생각을 서서히 키워주는 그런 눈에도 띄지 않는 일을 지속적으로 할 수 있을 것 같진 않았다.

하지만 오랜 세월 동안 혼자서만 품어왔지 그 누구에게서도 들어보지 못했던 그런 제안을 해 주는 사람을 만난 것만으로도 힘이 나고 기뻤다. 그러나 그가 진정 그 꿈을 함께 실현해가고 싶다면 그가 할 일은 유네스코라는 거대 조직을 움직이는 것도, 재정적인 지원을 얻어내주는 것도 아니다.

한국에서 태어나 이태리로 유학 간 후 몇십 유로를 들고 파리에 가 레스토랑에서 그릇을 나르면서 꿈을 키워 유네스코 본부에서 세계적인 지도자들과 만나며 국제무대를 누비게 된 그의 진실한 삶 한 토막이라도 한 편의 글로 내어놓는 것이 더 중요한 일이었다.

나는 그와 헤어지면 그가 살아오면서 배운 진실을 글로 써 보내달라고 간곡히 부탁했다. 그런 글을 써 보낼 수 있는 순수함이 밑바탕에 있어야 좋은 번역도, 책 보내는 일도 가능하지 않겠느냐며.

서울로 돌아오는 비행기 안에서 잠시 중단했던 〈월드 리더〉를 다시 만들어가야겠다고 다짐했다.

대도시 고등학교로 진학한 어느 봄날,
음악 선생님이 '돌아오라 소렌토로'를 부르는데
나는 걷잡을 수 없는 감동에 사로잡혔다.
마치 내가 이태리 어느 바닷가에서 반짝이는
햇빛을 바라보며 사랑하는 이를 기다리고 있는 듯
교실 안의 분위기가 일순간에 바뀌는 것이었다.
평소 차갑고 괴팍한 분이라고 여겼는데….

또 공연장을 짓고

나는 공연장을 또 짓고 말았다. 7년 전 지은 '화이트홀'은 천장이 낮아 관객이 꽉 들어찰 때면 미안한 마음이 들곤 했다. 그때마다 더 쾌적하고 탁 트인 공연장을 꿈꿨는데 마침 바로 이웃에 장소가 나와 큰 빚을 내어 새 공연장을 짓게 된 것이다.

그런데 공연장을 지어본 건축가도, 건설회사도 많지 않아 이번에도 애를 많이 먹어야 했다. 돈은 돈대로 들면서도 객석의 경사와 간격, 난간 높이는 물론 손 스침 하나하나까지 신경을 써야 했고, 공사장에 한번 갔다 오면 먼지며 냄새로 눈도 아프고 숨도 막혔다.

마감재며 도색을 의논하느라 아내를 공사장에 자주 불렀더니 분진 때문에 눈이 점점 부어오른 아내는 급기야 수술까지 받아야 했다.

며칠 전, 음악이나 공연과는 아무 상관도 없는 내가 왜 돈과 시간만 퍼붓는 일을 하고 있을까 의문이 생겼다. 그동안 나는 사람들에게 좋은 음악을 들려주어야 한다는 사명감 때문이라고 믿고 있었다. 그런데 그날 새벽녘, 문득 내가 살아온 몇 장면이 스쳐 지나갔다.

시골에서 대도시 고등학교로 진학한 어느 봄날, 음악 선생님이 '돌아오라 소렌토로'를 부르는데 나는 걷잡을 수 없는 감동에 사로잡혔다. 마치 내가 이태리 어느 바닷가에서 반짝이는 햇빛을 바라보며 사랑하는 이를 기다리고 있는 듯 교실 안의 분위기가 일순간에 바뀌는 것이었다.

'음악이란 이런 힘이 있구나! 사람의 소리가 저렇게 아름답구나!' 선생님은 노랫말에 담긴 감정을 그대로 전해주려는 듯 한 손으로 목을 감싸 안고 마음을 다해 노래를 부르고 있었다. 평소 차갑고 괴팍한 분이라고 여겼는데 선생님은 노래를 부르는 동안 전혀 다른 사람이 되어있었다.

사랑도 기쁨도 슬픔도 깊이깊이 느끼고 사는 아주 낭만적이고 멋스러운 선생님으로 다가왔다. 나는 노래가 끝날 때까지 선생님의 그 멋진 모습에 숨도 쉴 수 없었다. 나도 저렇게 노래를 불러보았으면 하는 열망이 봄날의 아지랑이처럼 피어올랐다. 선생님은 그 노래로 시험을 보겠다며 연습을 해오라고 했다.

자취방에 돌아온 나는 선생님이 부르던 그때 그 느낌을 그대로 살려내려고 노래를 부르고 또 불러봤다. 그러나 아무리 연습해도 음정도 박자도 마음대로 되지 않고 입에서는 괴상한 소리만 났다.

실기시험시간, 내 차례가 되어 교단에 올라가 노래를 부르는데 내가 듣기에도 노래가 아니라 울부짖음이었다. 몇 소절도 부르지 않았는데 선생님은 음정과 박자가 그게 뭐냐, 연습도 안 해왔냐며 그만 내려오라고 했다. 아이들 앞에서 너무 부끄러웠고 내가 너무 초라하게 느껴졌다.

어릴 때부터 나는 심한 음치였다. 누가 노래를 부를 때 나도 부르고 싶어 따라 하면 누구든 노래를 멈추어버렸고, 심지어는 따라 하지 말라고 화를 내거나 그것도 노래냐며 박장대소를 하곤 했다. 그때도 나는 이런 의문을 가졌다. 나는 음정도 박자도 못 맞추면서 왜 이렇게 노래를 부르고 싶은 걸까.

나는 빈티지 오디오 수집광이다. 진공관 앰프의 소리를 처음으로 들었을 때 어찌나 내 가슴이 뛰던지 그 다음 날 당장 황학동 중고시장에 가서 구닥다리 진공관 앰프와 스피커를 사와 밤새 들었다. 그날 밤 내 가슴을 파고드는 음악의 선율이 얼마나 황홀하던지….

그 후 나는 더 좋은 소리를 내는 오디오를 찾아다녔다. 그렇게 오디오를 사들이면 나는 아무리 바빠도 이렇게도 연결하고 저렇게도 연결하며 소리를 먼저 들어보고 나서야 다른 일을 했다. 그렇게 모아들인 오디오가 꽤 있으면서도 나는 아직도 좋은 소리를 내는 오디오가 있다고 하면 눈을 반짝인다.

그날 새벽, 나는 내가 왜 이렇게 오디오에 관심을 쏟고 있는지 의문이 들었다.

대학 시절 어머니는 내 자취방에 오면 빨래와 밥을 하고 방을 닦으며 늘 노래를 불렀다. 내가 책을 보다 잠자리에 들 때까지도 어머니의 노래는 끝이 없었다. 어린 시절 나는 초등학교도 못 나온 어머니에게 그리움이란 없는 줄 알았다. 그러나 노래를 부를 때면 어머니의 얼굴에는 그리움이 가득했었다.

어머니는 노래를 부르다 이따금 옛이야기도 들려줬다. 이북에 끌려가 생사를 알 수 없다는 첫사랑 이야기, 젊은 시절 동네 청년들과 밤이면 모여 끝없이 노래를 불렀던 이야기, 순한 아버지를 만나 마음 편히 살아온 이야기, 나를 가졌을 때 너무 행복해 '학이 한 쌍이 날아온다, 학이 한 쌍이 날아온다'고 노래를 지어 부르다가 내 이름을 학이라고 했다는 이야기….

어머니의 이야기를 듣고 있으면 나도 어린 시절로 돌아갔다. 정갈하게 풀 먹인 이부자리 위에 누워 '학이 한 쌍이 날아온다'며 흥얼거리던 어머니의 젊은 시절 목소리가 들리는 듯했고, 그런 어머니의 노랫가락을 들으며 한가득 미소를 띤 채 한약을 썰고 말리던 아버지의 손길도 선명히 다가왔다.

나는 평소 내가 논리적인 사람이라고만 믿어왔다. 수학을 잘하고 법을 공부하며 논리의 세계만 좇았기에 내 안에는 차가운 이성만 꿈틀거리는 줄 알았다. 그래서 공연장을 짓는 것도 음악이 사람들에게 유익하기 때문에 조금이라도 봉사하는 마음으로 하는 이성적인 활동이라고 믿었던 것이다. 그런데 그 새벽, 나는 어린 시절부터 그런 감성 속에서 살았다는 생각이 들었다. 내 안에는 음악이 없으면 살 수 없는, 음악과 함께해야만 살아갈 수 있는 유전자가 숨 쉬고 있었던 것이다.

몇 년 전 내 아들이 작곡을 한다는 이야기를 들었을 때, 우리 집안에 돌연변이가 생겼다고 생각했다. 음치인 할아버지와 음치인 아버지를 둔 아들이 어떻게 작곡을 한단 말인가.

그러나 그 새벽, 아들이 작곡을 하는 것도 어릴 적 내 어머니가 "학이 한 쌍이 날아온다." 하고 마음껏 지어 부른 그 멋진 가락과 이어지고 있다는 생각이 들었다.

음치인 내가 아직도 그 음악 선생님처럼 멋진 노래를 불러보고 싶어 하는 것도, 좋은 소리를 내는 오디오라면 속아서라도 사 모으는 것도, 공연에 문외한인 내가 큰돈을 버릴 줄 뻔히 알면서도 공연장을 짓는 것도 어릴 적 어머니의 품속에서부터 들었던 그 노랫가락 때문이 아닐까.

잠자리에 들기 전 곁에서 아내가 노래를 부르면 내 마음은 한없이 평온해진다. 내가 만든 공연장에서 성악가들이 노래를 부르면 나는 고등학교 시절 음악 선생님이 '돌아오라 소렌토로'를 불렀을 때처럼 가슴이 뭉클해지며 어머니의 품속에서 노래를 들었던 어린 시절로, 사랑하는 이를 그리워하며 애태우던 젊은 시절로 돌아가는 듯하다.

사람들도 나처럼 음악 없이는 살 수 없는 그 무엇을 가슴 속에 품고 있을 거라 생각하며 나는 오늘도 세상 사람들에게 더 아름다운 음악을 들려줄 수 있도록 새 공연장을 손질하고 있다.

남도 여행길에 만난 그는 한참이나 세월호
사건과 정치인들에 대해 열을 내며 말을 쏟아냈다.
그의 열변을 한참 듣다 나는 "그 국회의원에
대해서 무척 잘 아시는 것 같은데,
선생님 아버님이 어느 초등학교를 다녔는지는
아세요?" 하고 물었다. 그가 조용해졌다.

나 한 사람의 힘